马力 著

上海文艺出版社
Shanghai Literature & Art Publishing House

我飞秋叶高风里,
要与秋声意气同。
——摘自作者《秋叶自赠》

江林根先生摄影作品《黄山枫叶》

目录

序	"我飞秋叶高风里，要与秋声意气同" ——马力《秋叶集》读后感 / 杨逸明	/003

第一辑 感怀篇

观《掬水月在手》致敬叶嘉莹先生	/013
读樊锦诗《我心归处是敦煌》	/013
上海诗词论坛感赋 ——步中华诗词学会杨逸明副会长韵	/014
上海诗词论坛感赋 ——步中华诗词学会李树喜副会长韵	/014
上海外滩 12 号步陈良司长韵	/015
风入松·上海诗词论坛感赋（通韵）	/015
步（清）李重华《过居庸关》韵（2 首）	/016
了凡诗友唱和作品（2 首）	/017
居庸感赋一（次韵和马力）	
居庸感赋二（次韵和马力）	
瞻仰南昌邓小平小道（通韵）	/018
沁园春·观老上海文苑史展感怀	/018
为央企创新项目二周年有寄	/019

登高遣怀　　　　　　　　　　　　　　　　　　/019
扬州慢·过瘦西湖夜读姜夔秦观词　　　　　　　/020
无题　　　　　　　　　　　　　　　　　　　　/020
金缕曲·学习诗词八载有寄　　　　　　　　　　/021
最高楼·观摄影作品《瑶族纪实》（通韵）　　　/021
东风第一枝·参观五四宪法陈列馆有感　　　　　/022
登滕王阁遇雾霾有感　　　　　　　　　　　　　/023
如梦令·观《一代名相陈廷敬》　　　　　　　　/023
与诗友约步韵杜甫《登楼》（2首）　　　　　　/024
采桑子·秋之三阕(通韵)　　　　　　　　　　　/025
　　　和凝体
　　　易安体
　　　淑真体
点绛唇·况味（3首）　　　　　　　　　　　　 /027
临江仙·为反腐倡廉（通韵）　　　　　　　　　/028
贪之殇　　　　　　　　　　　　　　　　　　　/028
临江仙·股市有作（3首）　　　　　　　　　　 /029
凤凰台上忆吹箫·见怀　　　　　　　　　　　　/030
有感职场现象　　　　　　　　　　　　　　　　/030
婆罗门·秋日登高感赋　　　　　　　　　　　　/031
喝火令·樱花落吟　　　　　　　　　　　　　　/031

刺玫瑰（2 首） /032
  多门（通韵）
  争利

水龙吟·新政之日有怀 /033
履新感怀 /033
水调歌头·参观淞沪抗战纪念馆感赋 /034
出差返途感春 /034
沁园春·三闾大夫 /035
悲长江沉轮 /035
偶忆 /036
永遇乐·登北固山感赋 /038
岁杪即兴 /038
清平乐·楼市早春 /039
新职感怀 /039
万科股权之争有感（3 首） /040
临江仙·丁酉端阳有思 /042
阿大葱饼叔（通韵） /042
临江仙·股市有感（3 首） /043
上海外滩（通韵） /045
国内首例公积金住房抵押贷款
  资产证券化市场发行成功有感 /045

满庭芳·G20平湖星空　　　　　　　　　/046

G20杭州峰会晚会　　　　　　　　　　/046

秋蕊香·知秋　　　　　　　　　　　　/047

秋夜　　　　　　　　　　　　　　　　/047

南歌子·初冬姑苏与友人书斋吃面　　　/048

清平乐·夜航观奇云有怀　　　　　　　/048

永遇乐·登北固山感赋　　　　　　　　/049

踏莎行·春雨　　　　　　　　　　　　/049

摊破浣溪沙·再谒东林书院有感　　　　/050

水灾感事　　　　　　　　　　　　　　/050

满江红·十五周年寄长江人　　　　　　/051

鹧鸪天·观电影《芳华》有感　　　　　/051

住房公积金"放管服"改革有寄　　　　/052

住房改革感赋　　　　　　　　　　　　/052

新年观央视《经典咏流传》　　　　　　/053

浣溪沙·听胡德夫先生吟唱《来甦·秋思》/053

读余光中先生《听听那冷雨》　　　　　/054

初春有感　　　　　　　　　　　　　　/054

盼归林　　　　　　　　　　　　　　　/055

破阵子·观看朱日和沙场大阅兵有感　　/055

渐慢　　　　　　　　　　　　　　　　/056

行香子·归田（用晁补之韵）	/056
自在	/057
观《我不是药神》影片有感	/057
菩萨蛮·长生疫苗事件愤作	/058
四川地震十载再登青城山	/058
观盆栽荷花有感	/059
立秋有寄	/059
全球疫情激增	/060
庚子感怀	/060
蝶恋花·悼刘智明院长殉职	/061
阮郎归·清明祭抗疫烈士	/061
阮郎归·鄂菜小馆重开张	/062
蝶恋花·读日记有思	/062
读毕淑敏小说《花冠病毒》有感	/063
巴黎圣母院大火有思	/063
为银行业科技四十年变迁所赋（通韵）	/064
六月末自扬州返沪	/065
有感于美国对华贸易战	/066
望海潮·眺览大沽口炮台	/066
闻世园会江西馆获特等奖	/067
水龙吟·北斗卫星组网成功	/067

西江月·圆明园遗址感怀	/068
立秋日为书斋得名而作	/068
深秋	/069
清平乐·整理发现旧文件书稿	/069
清平乐·水晶瓶	/070
清平乐·蜻蜓香托	/070
致敬加勒万烈士	/071
纪念建党百年诗社组稿（3首）	/072

  沁园春·《觉醒年代》观后有思

  清平乐·致敬早期革命家陈延年、陈乔年

  嘉兴南湖有怀

恸悼袁隆平、吴孟超院士	/074
参与住建部公积金几项改革讨论有感	/074
台风烟花袭沪有吟	/075
观北京冬奥会、冬残奥会（4首）	/076

  观冬残奥会《听障者圆舞曲》

  盲人选手李端点燃冬残奥会微火炬

  赞冬奥会赛场中国元素

  冬残奥会各地春雪有感（通韵）

壬寅年初即事	/078
壬寅初上海寓怀	/078

壬寅四月有感	/079
南乡子·壬寅立夏居家	/079
浣溪沙·众邻居后院	/080
收看神州十三号载人飞船返回	/080
西平乐慢·壬寅六月有寄	/081
壬寅小满日出小区有寄	/081
赞志愿者及诗友	/082
壬寅晚秋小灶村荷花绽放	/082
酷暑读《小楼听雨》	/083
潮汕博物馆华侨分馆感怀	/083
抄录《赤壁怀古》感怀	/084
再读诗社壬寅年诗词集有感	/084
癸卯初沪上忽降鹅毛大雪（通韵）	/085
癸卯春赴金陵依诗友韵	/085
重登北固山有怀	/086
参观扬州八怪博物馆有感	/086
八声甘州·谒尼山圣境	/087
曲阜遇学校组织拜谒孔庙	/087
闻金融监管巨贪落网	/088
癸卯夏日临书李易安《永遇乐》词	/088
水调歌头·重登莫干山感怀	/089

习《岳阳楼记》书法有怀	/089
归来兮农庄割稻（通韵）	/090
南乡子·观杭州亚运会女子赛艇	/090
参观郑州博物院有寄	/091
舟山眺莲花洋有寄	/091
恸梅大高速塌方致敬黄建度先生	/092
五一节前雨中堵车有见	/093
读友人主编的《全球书店步行》有感	/093
练习《哈巴涅拉》钢琴曲有吟	/094
沁园春·观舞剧《永和九年》（通韵）	/095
甲辰秋思	/096
听北大才女方周诺亚台湾校园唱《声声慢》	/096
观黄河澄泥砚有感	/097
甲辰秋自贺《秋叶集》成篇	/097
元旦感怀	/098
自书登瑞士少女峰律诗	/098

第二辑 山水篇

唐多令·江南老巷	/101
徐家汇天主教藏书楼	/101
念奴娇·济南大明湖清照园	/102
无锡梅园小记	/102
春游西递宏村	/103
春来农家乐	/103
行香子·西湖怀古	/104
西江千户苗寨	/104
阆城怀古（通韵）（2首）	/105
虞山有吟（通韵）	/106
虞美人·过虞山柳如是墓	/106
虞山怀思	/107
西江月·诗社相约"诗情可供忆当年"句	/107
乌镇有怀（5首）	/108
浣溪沙·丙申乌镇行	
菩萨蛮·乌镇文脉	
菩萨蛮·读木心诗选	
乌镇之乌云奇观（通韵）	
乌镇重建	
巴尔干半岛行吟（10首）	/111
十六湖湖底沉树	

塞尔维亚原野遇雹雨

　　穆斯林女孩

　　赴萨拉热窝途中遇桥塌戏作（通韵）

　　莫斯塔尔老桥

　　波黑战争二十八周年有感

　　乘快艇过蓝洞遇海豚群

　　皮兰海滩摄晚霞奇景

　　波斯托伊纳溶洞景象

　　布莱德湖铁托别墅感怀

青玉案·塞罕坝七星湖　　　　　　　　　　　　　/116

寄赛罕坝护林人　　　　　　　　　　　　　　　　/116

塞罕坝赠友人和自赠（3首）　　　　　　　　　　/117

　　菊花冠之赠Jilia

　　蒲公英之赠叶笛

　　秋叶自赠

登明月山（8首）　　　　　　　　　　　　　　　/118

　　月亮湖奇景所思

　　山崖偶见白玉兰

　　青云栈道

　　登高自嘲

　　风入松·明月山登高感赋

  仰山

  为同行诗友所赋

  醉花阴·赣州行诗友上海临江夜歌

忆江南·宽窄巷子（3首）   /122

北欧之旅（5首）   /123

  访丹麦安徒生故居

  冰岛印象

  冰岛瓦特纳冰川融化

  夜宿芬兰苦等不遇北极光

  芬兰北博尔山脉观雪有记

定风波·东京国立博物馆见中国文物   /126

定风波·听斯美塔那交响曲《伏尔塔瓦河》   /126

八声甘州·蓟州盘山行吟（通韵）   /127

登居庸关分得"间"字韵（通韵）   /127

抱病登盘山有感   /128

南澳岛回归线观日落所思   /128

与诗友苏州行（4首）   /129

  苏州可园

  苏州博物馆逢闭馆有憾

  微醺过苏州阊门

  与诗友游枫桥

浙江临海与诗词大家同行 /131

霜天晓角·临海古长城谒戚继光塑像 /131

霜花腴·四十年后重登琅琊山 /132

庚子年初南非行漫吟（5首） /133

  登南非桌山

  船过豪特海湾

  南非比林斯堡国家公园

  好望角即兴

  立大西洋、印度洋界碑处口占一首

仰瞻房山石刻佛经地宫 /135

戒台寺牡丹茶院小坐 /135

谒武侯祠三绝碑 /135

画堂春·访黄篾楼、子久草堂不入 /136

踏莎行·瘦西湖 /136

黔江道中有吟 /137

广州参会高铁返沪有记（3首） /138

  过广东境内

  过湖南境内

  过江西境内

内蒙行（3首） /139

  夜宿呼伦贝尔蒙古包

根河停伐纪念碑寄怀

　　大兴安岭访鄂温克族（通韵）

夜宿安徽广德山村农家　　　　　　　　　　/141

游浙江绍兴（2首）　　　　　　　　　　　/142

　　东湖印象

　　清平乐·曲水流觞听吹埙

云南行（4首）　　　　　　　　　　　　　/143

　　怒江大峡谷行吟

　　浣溪沙·登碧罗雪山眺皇冠山

　　徒步高黎贡山和百花岭

　　丙中洛访怒族国家级非遗传承人

从山西岸再观壶口瀑布　　　　　　　　　　/146

浣溪沙·步行大唐不夜城　　　　　　　　　/146

甲辰京西行（5首）　　　　　　　　　　　/147

　　甲辰春与友人游潭柘寺

　　天净沙·访马致远故居

　　途经门头沟有思

　　参观周口店遗址博物馆

　　京西古道梨花

景德镇陶溪川文创街有感　　　　　　　　　/149

浮梁镇有记　　　　　　　　　　　　　　　/149

浙南行（3首） /150

  通济堰谒范成大题碑

  巫山一段云·松阳县古村落书店

  缙云石宕书房

欧洲四国行（6首） /152

  德国科隆大教堂

  夏日登阿尔卑斯少女峰

  法国利克威尔小镇

  游阿姆斯特丹运河印象

  天香·瑞士巴塞尔印象

  荷兰国立博物馆观伦勃朗《夜巡》

张家界纪行（4首） /156

  登摘星台

  游天门山天门洞

  走金鞭溪红军路并谒贺龙元帅墓

  乾坤柱

黄山行（3首） /158

  为天都峰所照而题

  西海大峡谷之妙笔生花

  八声甘州·登黄山天都峰半途而下

第三辑 师友篇

与杨逸明会长、诗友登慕田峪长城（2首）	/163
与杨逸明会长、诗友聚农家小院	/164
喝火令·寄旧时好友	/164
孟春观友人作画	/165
孟春观友人草书	/165
寄友（3首）	/166
与友人在黟城	/167
春暮寄友人（通韵）	/167
金缕曲·为好友辞职而作（通韵）	/168
读友人诗词集有感	/168
浣溪沙·和还李树喜会长赐词	/169
浣溪沙·为上海滩宴谢秋叶	
——李树喜会长原作	/169
卜算子·雨夜与师友雅聚分韵拈得"爱"字	/170
拙和树喜会长兼寄了凡、恭震诗友	/170
水调歌头·贺友人退休（通韵）	/171
微信观银行友人春游照片	/171
与友人相聚京城梅府	/172
清平乐·寄友人	/172
安排令·诗人聚会和李树喜会长	/173
赴京诗人聚会和还李树喜会长赠诗	/173

赠秋叶
——李树喜会长原玉 / 173

清平乐·步韵张炎寄诗友 / 174

清平乐·诗友次韵和作 / 174

香山会友 / 175

一剪梅·京城植物园寄楚安之诗友 / 175

寄同事兼寄己 / 176

柳梢青·栀子花开寄农家女孩 / 176

清平乐·春分日欣闻友人诗词集付梓 / 177

寄师友 / 177

寄诗社女才子们 / 178

忆四十年前插队迎高考兼寄村里小丫 / 178

谢还师友赠诗（通韵） / 179

江城子·阳澄湖雪勤友家聚会 / 179

燕风淞雨诗友年末在沪聚会感作 / 180

庚子秋日诗友们京城欢聚 / 180

八六子·南湖泛舟感与友数年诗词云游 / 181

庚子秋旧雨诗社相聚 / 181

诗社题名、书名兼寄芹圃家丁及叶笛诗友 / 182

贺诗社更名首发兼寄一麾江海诗友 / 182

寄旧雨诗社女诗友们 / 182

与上海年金企业老处长们相聚 /183

旧雨诗社成立周年与众诗友 /184

和朱炜诗友并感谢《旧雨诗刊》两位编辑 /184

朱炜诗友原玉 /184

减字木兰花·与奚美娟老师品茗交流 /185

一剪梅·获友人赠诗词集有感 /185

贺叶笛诗友女儿考入复旦大学 /186

读一麾江海诗友《长亭怨慢》有感 /186

重读叶笛诗友姑苏诗赋 /187

清平乐·癸卯腊月赠众诗友 /187

壬寅与友拜谒贾公祠
　　再读《关于"推敲"的断想》致树喜师 /188

浣溪沙·壬寅初友聚有感 /189

众诗友赴京同时走错高铁站戏作 /189

秋日与老会长、大诗人们相聚浦江岸边 /190

临江仙·深秋好友相聚 /190

为友人们五十年后再登黄山而作 /191

第四辑 亲情篇

妈妈的炸酱面	/195
母亲投稿《春秋档案》杂志纪念辛亥革命百周年（通韵）	/196
新春寄耄耋老人（通韵）	/196
闻虹口区老家弄堂将被拆除改造	/197
花意娱老	/197
西江月·为春节返乡人作（通韵）	/198
床前	/198
卜算子·平安夜母亲病榻前	/199
南乡子·丙申除夕	/199
忆母亲病中用古音吟诵苏轼《花影》	/200
又闻梅香	/200
新年水仙花开	/200
浣溪沙·上元夜思念父母	/201
忆母亲病中读《环球时报》	/201
妈妈抽屉中存放我接受新闻采访的剪报	/202
清明忆与母亲在扬州	/202
武陵春·重阳思念母亲	/203
高阳台·中元节思念母亲	/203
金缕曲·戊戌夏整理旧照忆父亲	/204
忆少年趣事（5首）	/205

假小子

短跑

小学停课

写剧本

学绣花

看四岁小孙女学打篮球趣记（4首） /207
观孙女在幼儿园用PPT宣讲
　"世界生物多样性日" /209
孙女获幼儿园"好声音"大赛银奖 /209
辛丑立春日携孙女古镇行 /210
贺孙女上小学一年级 /210
与孙女北海原始溶洞探险戏作 /211

第五辑 咏物篇

咏梅	/215
高阳台·致秋荷	/215
咏风筝	/216
鹧鸪天·咏荷	/216
咏二十四节气（通韵）（24首）	/217

  立春

  雨水

  惊蛰

  春分

  清明

  谷雨

  立夏

  小满

  芒种

  夏至

  小暑

  大暑

  立秋

  处暑

  白露

  秋分

  寒露

霜降
立冬
小雪
大雪
冬至
小寒
大寒

采桑子·咏桂　　　　　　　　　　　　　　　　　/ 225
采桑子·观苇　　　　　　　　　　　　　　　　　/ 225
咏古银杏　　　　　　　　　　　　　　　　　　　/ 226
秋枫　　　　　　　　　　　　　　　　　　　　　/ 226
兴化观油菜花　　　　　　　　　　　　　　　　　/ 227
杏花天·咏杏花　　　　　　　　　　　　　　　　/ 227
朝中措·岁杪咏枫林　　　　　　　　　　　　　　/ 228
秋露　　　　　　　　　　　　　　　　　　　　　/ 228
咏秋叶　　　　　　　　　　　　　　　　　　　　/ 229
谢李树喜会长和作《咏秋叶》　　　　　　　　　　/ 229
攀墙红叶　　　　　　　　　　　　　　　　　　　/ 230
银杏叶　　　　　　　　　　　　　　　　　　　　/ 230

跋　《秋叶集》读后 / 李树喜　　　　　　　　　　/ 233
　　后记 / 马力　　　　　　　　　　　　　　　　/ 235

"我飞秋叶高风里,要与秋声意气同"
——马力《秋叶集》读后感

二十年来,我的社会交往大多是以诗会友,与马力相识就是。与她交往多年,她给我的印象是能力很强,性格豪爽,写诗典雅。

马力的诗词创作已历十年。在承担紧张繁冗的金融管理和社会管理工作中,在面对巨大经营管理压力的情况下,仍然注重诗性自觉,笔耕不辍,不断磨砺和提高自己的诗词创作能力,并以饱满的写作激情投入学习实践。诗词中体现了女事业家与女诗人的旷达和大气,体现了豪放与婉约相济,沉郁和率真并举。

我读马力的诗词,觉得可以说一说的有以下三点:

一、诗词题材与生活相关，很接地气

她的很多诗题，一看就觉得非常贴近工作和生活。如《楼市感怀》《万科股权之争有感》《国内首例公积金住房抵押贷款资产证券化市场发行成功有感》《阿大葱饼叔》《西平乐慢·壬寅六月有寄》，等等。

再举几例：

南歌子·初冬姑苏书斋吃面

枫径秋霜白，面庐鲙缕红。围炉呵手老汤浓，满箸银丝香溢小桥东。

多赖芸娘味，贪吟沈复翁。浮生静好挂书筇，幸有沧浪亭外一襟风。

小词写出了繁忙工作之余，她与好友在苏州书斋边重读《浮生六记》边品尝苏式熏鱼面的忙里偷闲的快乐。语言甚是轻快流畅。

闻虹口区老家弄堂将被拆除改造

斑驳旧巷雨泠泠，窗柳重寻几步停。

曾煮稷厨浓淡味，似聆书壁古今声。
向阳班里争青眼，消暑蓆边数晚星。
不舍时光风逝去，小城故事梦中听。

旧房拆迁是当代诗词的一个常见题材。她对老弄堂和少年时代的眷恋，很是动情。笔底的回忆，非常有画面感。

当代诗词书写当代，这样诗词才有当下的发展，才有继续存在的必要性和生命力。诗的创作源泉来自何处？应该来自自己的生活。如果光把古人的语言作为诗的创作源泉，写出的诗就会显得空泛和苍白。

二、诗词语言继承传统，甚是典雅

诗词的语言，离不开文言。要写这种风格的诗词不容易，必须要有较深的文言功底。马力在工作之余潜心学习中国古典诗词，沉湎于唐诗宋词、李杜苏辛。她比较注重诗词古雅文静的特征，作品注重体现江南审美的细腻风格，诗词创作的语言也可以有多种风格。杜甫有《秋兴八首》《诸将五首》《咏怀古迹五首》等典雅风格的诗，开李商隐一路；也有《江村》《客至》《又呈吴郎》等浅显风格的诗，开白居易一路。不拘一格多样化，才能丰富多彩。只要有自己的感想、感慨、感悟在，而不是无病呻吟或老调重弹，采用任何一种语言风格，自有其读者在。

当代诗词创作的语言风格继承传统，也有多种。一种是传统的典雅型，另一种是传统的流畅浅俗型。两种风格都很风行。马力的诗词语言风格追求的是第一种，这与她的气质和性格有关。偶尔也有第二种。

试举几例：

唐多令·江南老巷

思墨瓦阑窗，寻檀紫區黄。瘦巷边、幽寂斜阳。几处琵弦流故曲，落叶里，蕭声长。

胭玉旧门香，素纨华月凉。老情怀、萍影何乡。往事依约痴入梦，空阶雨，枕梨棠。

这是她写得较早的一首词，写出了江南古镇

如画晚照中的色彩美感、卖玉石的古色古香店铺、民国衣着的人物，以及若有若失的情怀。整首词写得浓墨重彩，很是美艳。

无　题

溽暑蝉喧树敛风，小诗佐酒作瘖聋。
蔽箕自爱贻人笑，旧砚从教洗墨空。
何必云生天际白，难为豆殉灞桥红。
微凉懒向浮萍去，知在绮罗深几丛？

这是一首作者在工作上遇瓶颈、冷眼看复杂官场的感怀诗，中联体现了不愿屈服的情绪。用字既灵动，又含蓄；既深邃，又隐忍。

扬州慢·过瘦西湖夜读姜夔秦观词

桃绽亭纤，柳盈堤俏，画船欸乃吴乡。道春来又是，有旧燕穿堂。便生得、骚人著梦，玉箫吹老，偏惹愁肠。渐成痴，文藻鸿泥，江左芸窗。

万斛翰墨，数千年、多少温凉。怅白石珠沉，微云雾失，明灭昏黄。月去五亭流照，多情念、豆蔻重妆。为伊家，冰雪三分，清瘦一方。

这首词写出瘦西湖的自然美和修禊雅事源远流长，对于过去的一切满是惋惜和感叹。用词很是典雅。

三、诗词的感情真挚，很是感人

人的一生由童年、成年、老年组成；人的一生同时也因亲情、友情、爱情的点缀而变得无比美丽。诗人的使命就是要把这种种真挚的情感诉诸笔端，化成诗句。马力的诗词感情很真，也写得感人。试举几例：

床　前

病榻黄昏母正眠，依稀还见美人颜。
光阴莫使垂垂老，长许孩儿细细看。

写母爱和儿女对于母亲的感恩之情是文学作

品永恒的主题。此诗写女儿对于母亲的祈盼，希望母亲永远不老，永远美丽，其情甚痴，故甚感人。古人云："诗人者，不失其赤子之心者也。"此首有之。

妈妈的炸酱面

佳节已无齿颊好，最思阿母烹饪功。
匠心用到无人及，厨艺臻如宴边逢。
胡瓜翠逐新蒜笋，白玉方携小青葱。
齑盐春蒜纷纷雨，红脍碧萝楚楚容。
翻飞神刃络绎下，吩咐案砧零丁同。
油泼铿锵灼青碗，椒溜荠撞辣香盅。
釜中调色匀振奋，座上垂涎酒谦恭。
急火沸汤催瓦鼎，千丝旋雪漾云踪。
莺滑素绘箸流浅，脯酱浑倾味嚼浓。
无需馔玉催味蕾，便有珍馐也凡庸。
一从传技炙手热，邻人姑嫂喜相从。
愧来女儿愚不化，廿载面提盖无功。
萱草慈恩难再见，每向清明忆旧踪。

这首长诗最能体现作者对母亲的深厚情感。作者对炸酱面制作过程观察深入，描写细致入微，丝丝入扣，读来也颇为感人。

　　马力对于"秋"似乎情有独钟。她有一首五绝写红叶："若个红孩子，斑斓倚壁行。临窗敲共识，且莫负秋声。"（《攀墙红叶》）把红叶比作"红孩子"，非常新奇。她还有一首七绝写秋叶："我飞秋叶高风里，要与秋声意气同。"（《秋叶自赠》）她似乎觉得自己已经化作了飞向高风的秋叶，读来使我想起了杜牧的两首诗："楼倚霜树外，镜天无一毫。南山与秋色，气势两相高。"（《长安秋望》）"停车坐爱枫林晚，霜叶红于二月花。"（《山行》）马力的豪爽性格和情怀也与此契合。

　　我也爱秋。希望我们的诗句能如秋叶，不负秋声，意气相投，气势相高，红于二月花。

杨逸明

2024年2月28日于吴江晚风轩

作者系中国作家协会会员、中华诗词学会顾问、上海诗词学会顾问。

第一辑

感怀篇

观《掬水月在手》致敬叶嘉莹先生

一生多舛初心挚,耄耋仍传雅颂碑。
诗眼长青催烂漫,杏坛独白绎葳蕤。
等身著作谁人媲,不意行藏有几追?
水月迦陵开后世,天风又碧凤凰枝。

尾联注:叶嘉莹先生就古人对杜甫的"香稻啄馀鹦鹉粒,碧梧栖老凤凰枝"皆以倒装句、倒剔句、或文法不通、或炫奇立异等诸说持截然相反意见,认为此联"盖情感意象既得之矣,其文法句法为今日之诗可自其中寻绎得一线渊源也"。

读樊锦诗《我心归处是敦煌》

欲渡敦煌劫后生,颠连朔漠烬长檠。
蘸心血处莲花发,藏影音中蝶梦成。
八秩孤怀真静谧,百龛珍壁复峥嵘。
宕泉多少征衣老?风铎九层扬远声。

注:影音,在樊锦诗的推动下,大量莫高窟珍贵的壁画被做成高分辨率的数字投影。

上海诗词论坛感赋
——步中华诗词学会杨逸明副会长韵

杏坛仰止九重天,云集初心笃意绵。
百代清音倾笔底,诸家遗响授人前。
濡毫一领诗骚韵,捧卷须摹李杜篇。
且喜吾侪真率在,迄今未惑孔方钱。

上海诗词论坛感赋
——步中华诗词学会李树喜副会长韵

仲秋凝露醉冰轮,共此情时蘸墨真。
千里银辉边塞阔,一横玉影大江深。
人间百味何须叹,客里常圆最是亲。
且为昊天开袖手,清风挚爱抱吾民。

上海外滩 12 号步陈良司长韵

恢弘殿宇已耄年，巴洛克风焕新颜。
日月穹昭明为本，威仪剑示德悬天。
浦江龙跃优先股，瀚海轮催自贸单。
沪上金融鹏再举，风云会际沸东滩。

注：上海外滩 12 号为上海浦东发展银行总行所在地。该建筑原由汇丰银行于上世纪二十年代建造，被称为白令海峡以东最辉煌的建筑。银行大厅的天穹壁画有日月女神及象征公平的利剑和天平。自贸单，指浦发银行获得中国自贸区创新首单业务。

风入松·上海诗词论坛感赋（通韵）

江头云绮醉年轮，卷舒俱初心。长街漫有离骚客，仰高楼、巨擘甘霖。妙道汉唐华卷，啸吟赤子胸襟。

相逢倾盖羽觞斟，风遣弄潮音。平生别样团栾月，照初秋、竟似春深。襄汝前人一梦，斑斓直到如今。

步（清）李重华《过居庸关》韵（2首）

一

川沟百莽乱云环，抱朴执鞭倥偬间。
欲遣渚清深浅处，犹期风烈北南关。
书生老去仍裁梦，世道方来却得闲。
不羡居庸叠翠景，此心无悔度青山。

二

居庸倚岳古城环，险壁凌霄一指间。
远戍苍穹沉大漠，云台钩戟锁重关。
千年王气烽烟炽，盛世幽燕画角闲。
忍顾遗墟埋旧骨，行行霜月过寒山。

注：此二律在"诗词吾爱"网站发表后，引起众多诗词大家关注，以步韵、次韵、叠韵唱和李重华《过居庸关》的作品达数百篇之多，一时成为网站盛况。

了凡诗友唱和作品（2首）

居庸感赋一（次韵和马力）

扼锁中元第一环，居庸叠翠太行间。

狼烟易起战连战，乌雀难飞关外关。

朗朗乾坤谁做主，殷殷征伐几曾闲。

云台远望人何在，入眼依然那道山。

居庸感赋二（次韵和马力）

翠微掩映乱峰环，铁马金戈丘壑间。

远古沙场千古恨，此时明月旧时关。

将军有梦如风散，白鹤无踪似我闲。

鼓角连声声已远，一山更隔一重山。

瞻仰南昌邓小平小道（通韵）

过眼沉浮有若无，伟人健步埂间途。
钳台三载镦白水，正气一身出斗屋。
海岳横流襟底远，乾坤大策袖中殊。
小平小道碑犹在，盛世于今共此图。

沁园春·观老上海文苑史展感怀

吴越钧沉，渊薮江南，开埠重沿。正文庐才隽，画坛巨擘，风情百韵，海派经年。琪玉蘭心，梨园锦瑟，一派梅芳秋桂丹。昆腔调，向南词古语，婉丽琶弦。

悲而沦陷兵喧，却唤起，纶巾铮骨篇。渐孤城出日，苍江骤雨；歌催鼓角，血荐轩辕。椽笔冲天，刀丛觅句，匡世吟肩危隘间。流光逝，望文坛星汉，存照人间。

为央企创新项目二周年有寄

万籁天元寄未央,旧城掬壤始沧桑。
幸承方略平深壑,为报苍黎启大荒。
我立悬途寻偃月,谁擎高塔照汪洋。
经年常是回眸处,清风空谷忆甘棠。

注:天元,即我所在的金融机构与大型中央企业共同创新项目名称。该项目曾获当年上海市金融创新一等奖。

登高遣怀

浮世登临亦感春,无人迹处过云津。
仰青泉壁飞声落,听白头翁鼓羽新。
崖险攀高因有梦,潭清到底岂容尘。
平生自喜低腰事,只向黎民不向臣。

扬州慢·过瘦西湖夜读姜夔秦观词

桃绽亭纤,柳盈堤俏,画船欸乃吴乡。道春来又是,有旧燕穿堂。便生得、骚人著梦,玉箫吹老,偏惹愁肠。渐成痴,文藻鸿泥,江左芸窗。

万斛翰墨,数千年、多少温凉。怅白石珠沉,微云雾失,明灭昏黄。月去五亭流照,多情念、豆蔻重妆。为伊家,冰雪三分,清瘦一方。

无 题

溽暑蝉喧树敛风,小诗佐酒作瘖聋。
蔽筐自爱贻人笑,旧砚从教洗墨空。
何必云生天际白,难为豆殉灞桥红。
微凉懒向浮萍去,知在绮罗深几丛?

金缕曲·学习诗词八载有寄

余八年前始习诗词,从中汲取性情滋养无限,尤是"兴来每独往,胜事空自知"之清妙,和"不破楼兰竟不还"之壮怀。然因久耽,苦无健笔,谨以此寄彼时旧是,并谢众位师友。

习韵经年徙。正沧波、画楼犹在,欲寻无迹。斜日江舟飞花影,还记清音雅瑟。借方寸、殷勤秃笔。消得眼前清瘦景,算重来、一赋工何易。生羽翰,岂朝夕?

寒风句自冰崖摘。羡梅家、云虬抱璞,素心未掷。唯向蓬门躬耕是,只为春风消息。把酒与、高情同席。更倚古声承平气,耆词笺、尽染凡花色。浑忘我,对箫笛。

最高楼·观摄影作品《瑶族纪实》(通韵)

柴扉冷,残壁透寒秋。荆草伴孤俦。崎路不见朝官至,枯田难寄晚生留。病难疏,贫侧畔,那堪忧?

落木下、倚危栏思绎,念乡里、向苍生扶疾。时荏苒、俱绸缪。呼来纵论三千册,莫如出剑履前求。向人倾,期暖日,照千州!

注:一幅关于贫困山区的摄影作品引起了社会的广泛关注。

东风第一枝·参观五四宪法陈列馆有感

霞动遥天，岑开长径，仰瞻大写人字。小楼共道车书，橼笔尽关民意。金瓯缺补，论废兴、乾坤重启。百易稿、亿万同襄，试问世间谁比？

一世纪、已参经纬。彼半球、安知泰否。犹悬民主嚣嚣，却失平权靡靡。舟行舟覆，莫孤注、非钧沉事。开巨擘、涛雪扬帆，华夏执持牛耳。

注：五四宪法历史资料陈列馆，是中华人民共和国第一部宪法——1954年宪法的起草地。当年毛主席亲临杭州主持起草修订，最广泛地听取了社会各方意见，有1.5亿人参与修订与讨论，占全国四分之一人口，在世界立宪修宪史上极为罕见。

登滕王阁遇雾霾有感

阁前久慕骈文奢,西望楼头谙自嗟。
挹翠幽丛偏失鹜,凌薨长水可寻霞?
珠帘卷作霓虹醉,宝马气锁黄日斜。
风物千年当寄看,沧波森森岂能遮。

如梦令·观《一代名相陈廷敬》

冷眼藏钩射覆,铮骨不劳辇毂。直谏继横渠,肝胆交孚言笃。诗馥,风馥,盛世康乾高筑。

注:继北宋大儒张横渠的"为天地立心,为生民立命,为往圣继绝学,为万世开太平"。

与诗友约步韵杜甫《登楼》（2首）

冷雨残春伴倦心，孤江瘦塔重登临。
烟波澹澹安知处，善水唯唯复到今。
陋巷箪瓢情未悔，扁舟浊浪恨相侵。
从来世事浮云过，展书唯向倾盖吟。

又

清界云盘三载后，万般放下再登临。
拂剑弯弓分明异，蜗角弹铗了悟今。
方外徒思歧路变，尘中岂忍重疴侵。
如流宝马功名客，也作虔诚道释吟。

采桑子·秋之三阕（通韵）

和凝体

　　痴情谁解深如许。春望樱桃，秋寄芭蕉。对镜空花且自嘲。

　　雁门何处烽烟照。人在途遥，月去林梢。梦里青骢踏入宵。

易安体

　　年年无意关秋色，全付东风。全付东风，不为枫红，只立暮云中。

　　纤毫纵使殷勤画，愿与君同。愿与君同，一点朱浓，却负墨梅空。

淑真体

  秋时久被浮云乱。鹤隐泉林，心入菊琴。倦去诸尘论古今，濡墨为知音。

  岂因愁绪闲樵斧。过眼浮沉，莫悟薄深。沽取松风淡酒词，不许醒时吟。

点绛唇·况味（3首）

一纸愁笺，奈何笔底丹青渺。痴情多少，说与花知道。独自幽怀，折寄梅枝老。清梦瘦，月华负了，犹念新词好。

又

一漾清醇，几人快意凭阑远。行吟江岸，得句英雄盏。流水匣琴，不掩豪情卷。千阕念，醉还斟满，别有诗香晚。

又

一叶兰舟，飘蓬思远眉间结。愁时易歇，不意伤离别。过了清秋，诗意翻成玦。便识得，虚怀淡魄，恰对空山月。

临江仙·为反腐倡廉 （通韵）

虎咒横财蝇膏血，公权在手苟贪。金樽悍马玉阶宽。长无鸣箭簇，何以治弹丸？

今朝整肃终拍案，槛中铁壁急湍。长风浩浩澄碧天。国当呼峻骨，民自爱清官。

贪之殇

紫袍多竞坠，向晚逐辕门。
利擅诸行伪，权倾百事昏。
半生疏镜鉴，一惑毁家园。
噩梦须知醒，秦城客不喧。

临江仙·股市有作（3首）

旧岸扁舟寒水，流年渔火微明。多空纷沓乱楸枰。尘浮浊浪落，梦倚翠枝横。

大市流金千丈，小盘跌宕春声。上元雪绽洗清澄。待得明媚景，好向红颜更。

又

春雨恩泽新柳，东风催放桃红。勃勃新股大盘融，城头戈剑处，难断伯仲雄。

板块熙熙轮动，孔方攘攘情浓。鱼龙混处舞翩同。黑鬓回首见，灯火阑珊中。

又

年末囊中盘点，三朝两板重新。蓬门小巷合耕耘。层台芳树碧，徒见掌中纹。

不问穷通富贵，收来冷暖浮沉。蹙额阑意几多人？淹留期盛景，一掷泪沾襟。

凤凰台上忆吹箫·见怀

　　心去浓痴，笔依拙韵，凤凰台上行云。幸素笺为和，锦字为邻。同悟摩诘禅静、易安雅、陶令无尘。销凝夜，无关晓月，只为诗魂。

　　登临，任风料峭，不过雪消息，再落梅痕。漫剪东风破，笳鼓相闻。便去天涯别远，应莫问、杯浅情真。翻成忆，清箫九曲，傲骨十分。

有感职场现象

久去孤高兰竹亲，自堪非是孤行身。
焉知一诺千金事，常遇朝三暮四人。
有信奈何无信负，愁思莫若藻思珍。
东篱便是无多路，也要南山叩月门。

婆罗门·秋日登高感赋

　　清秋至,登高怀璧,霜风处,日迟催花去。国谋振,民先予。承既往,新启乾坤稷。文求切,声寄远,志承同,一曲关山碧。

　　南疆北界皆吹彻,云正卷,哪堪战旗易?琵琶声远,夕照千里。盛景他年,怎奈、空有芳菲意。未有芳菲计。

喝火令·樱花落吟

　　晓漏凄凄雨,泗红楚楚声。落英凋树太无情。偏在阖风吹处,竟起五更行。

　　雪径馀归冢,春泥亦倾城。来约他日曲中听。宁可独吟,宁可自飘零,宁可洛神一去,岂作小枝鸣!

刺玫瑰（2首）

多　门（通韵）

似笑翩然至，一番琥珀甄。
闲临因玺重，旧案画圆新。
缘化赀粮罄，石听草木呻。
江中来往客，夜夜望冰轮。

争　利

诡市击花看，危崖各自盘。
彀中悲血本，擘下献金鞍。
短策宽风易，低檐润雨难。
笙歌谁庹度，几个倚雕栏？

水龙吟·新政之日有怀

京华晴日霾消,倏如云汉甘霖雨。万山倾翠,长河激响,野田欒舞。一苇横江,十年崎路,万言直赋。尚沉疴弱世,恒沙久砺,翻覆冷,深帏踽。

幸有东风今顾,破藩篱,飚旗震鼓。黎元杖屦,华胥仓廪,焉能辜负。往事空铭,行色仍疾,平沙鹰蓦。渐重阳近矣,孤心一片,向谁人处?

履新感怀

未思蕉梦又征程,华发不辞日日耕。
民意几多相似处,路歧大半奈何行。
应非炙市皆青眼,但见时风重盛名。
谩道飚轮驰一息,也来绳检为扶倾。

水调歌头·参观淞沪抗战纪念馆感赋

寇虏破江国，白渡起哀鸣。古村渔港廛市，俄顷遍荒茔。辱我千年疆土，痛我苍黎族父，眦裂九州营。歃血向淞沪，一掷头颅声。

羽书急，辞耄老，别孺婴。焦垣汉帜，利刃十万阻东瀛。壕堑堆躯忠士，麓战成仁骁帅，陨败也功铭！酹酒思雄杰，青史筑皋蘽。

出差返途感春

匆行无意问穷通，雨后青峦忽眼中。
纤柳笼烟舒窈窕，侵衣滋味是春风。

沁园春·三闾大夫

　　弘博峨冠，森秀士林，悬蹬苍茫。恰儒衿耿介，追尧舜帝，良臣稷契，效楚君王。迥不犹人，贵无来者，高蹈雄文瑰丽行。傲霄小，忍浮云蔽日，蕙芷恒香。

　　退秦大蠹孤邦，惊变骤，漫成腹背殇。更茕修绳墨，欲平王庶，悲生天问，长哭雨旸。肝胆怀沙，兰缨濯净，散发彭咸独自罡。九垓去，阆风鸣佩玉，那是无疆。

悲长江沉轮

　　　　　　　　江风没顶摧，一霎万城哀。
　　　　　　　　坠日阴阳隔，沉音曲直猜。
　　　　　　　　天无怜客子，人尽事兰台。
　　　　　　　　从此啼鹃泪，滂沱赤壁廻。

偶 忆

旧事烟波远,今宵俱作删。
屏中空月影,惝恍欲何言。
初识不得见,雪地候空寒。
临轩傲晚态,言曲费悬猜。
恭呈百页案,置若罔闻看。
似笑亦非笑,明知佯未谙。
托来游说客,得寄乾坤官。
一语夺众妙,转瞬成机缘。
渐识江南士,方知不染莲。
车舟终可遇,行看江陵间。
齐肩逢恨晚,咨嗟互尊贤。
鸣琴流水上,笃志往与还。
天地苍生事,社稷在长安。
浮云天雁远,惜别尚有年。
偶尔相逢问,众生复慨然:
才俊入商海,喟叹竞逐难。
问吾何所适,步步当年艰。
白发东篱下,无事桑榆田。
抱揖虚窗静,春来闻杜鹃。

少壮迎封事,明朝海阔间。
才藻无俗韵,撰书已韬潜。
太息图囿者,擅权逐利贪。
沉浮竟巨擘,世事真可怜。
唏嘘鼙鼓绝,惯看桃符迁。
鸿雁沙无迹,雪泥梦作湮。
厚德如赤子,淡泊若青衫。
川途澹月照,一杯品自甘。

注:岗位调任后,偶读过去工作微信记录,艰辛过程历历在目。

永遇乐·登北固山感赋

漫向楼头，沉沉千里，烟渺云绪。半嶂羣甍，一江吴楚，今古同怀处。潮头击筑，鲲鹏致远，不屑鱼鼋如许。莫能外，英雄揾泪，吴钩倩为谁舞。

崖空罅裂，危台重整，倾尽夙心无数。大道式微，精魂自在，懒道人孤负。从兹枕石，流光蕴雪，共剪西窗灯语。且来把、红尘阅尽，秋声揽住。

岁杪即兴

岁杪音尘剩雨寒，朱书几砚已磨残。
且封冰魄江南渡，一树繁花转眼看。

清平乐·楼市早春

早春江左,竟小桃吹破。轻絮嫣红零乱过,堪笑殷勤如我。

一去空山无多,愁拈彤管吟哦。怕寄多情花早,怎共梅雨婆娑?

新职感怀

住世行看屋及乌,楼王拔地谓何殊。
半坪陋室衰新发,每月高台套阿奴。
忍见杯弓劳燕各,怎披肝胆庙堂初。
渐无歌哭西风剩,愧以诗章换一呼。

注:劳燕各,指彼时少数人通过假离婚来抢购房产。

万科股权之争有感（3首）

一

廿载风霜广厦兴，一朝权柄费争鸣。
龙蛇暗室浑浑斗，蝼蚁蓬门屡屡惊。
良治竟劳神罢黜，迷局自有世关情。
莫教大道人心冷，功过由来百姓声。

二

六月纷争乱剑鏊，不期野老自封侯。
一身负气难夺席，百亿赊资好倚楼。
谁信情怀能几两，已销傲骨剩余抔。
江湖偌大闲云去，委地残红复可收？

三

檄文累牍不如无，置喙哓哓意未孤。
只道游资非犯令，岂关小股已成奴。
鼓唇早透堂中奥，咳唾当求案上珠。
高壁拥权观战客，询函一纸作闲娱。

注：万科股份被泛海集团以金融杠杆恶意收购，管理层遭大股东罢免。有感于如何完善中国公司治理机制。

临江仙·丁酉端阳有思

　　点点龙舟飞竞，家家角黍香萦。青绳难解玉心情。名伶歌浅夏，画鼓戏深醒。

　　可笑安康争鹜，无由长恸屈平。孤鸿天问少人聆。千年肝胆赋，几处佩兰声？

阿大葱饼叔（通韵）

葱饼阿叔沪上铭，寻香半里队蛇形。
佝身斗室劳逾卅，团雪十铛售少盈。
常患小商闲嫉妒，只期熟客每垂青。
门前借问真名氏，淡作草根城管声。

注："阿大葱油饼"是上海市井知名小吃，由一位六十多岁的驼背残疾人在一间临街小摊经营，常因城管要求而更换地点。慕名而来者排起长队等候购买，美味口口相传。当问起老人名字时，他总淡淡回答："口天吴，草根的根，城管的城。"

崖险攀高因有梦,
潭清到底岂容尘。
——摘自作者《登高遣怀》

江林根先生摄影作品《峻岭瀑布》

临江仙·股市有感(3首)

一

旧岸扁舟寒水,流年渔火微明。多空纷沓乱楸枰。意随骇浪落,梦在翠枝横。

大市纵横千点,小盘跌宕春声。上元雪绽洗清澄。待得明媚景,好向红颜更。

二

春雨恩泽新柳,东风催放桃红。勃勃新股大盘融,城头戈剑处,难断伯仲雄。

板块熙熙轮动,孔方攘攘情浓。鱼龙混处舞翩同。黑鬃回首见,灯火阑珊中。

三

年末囊中盘点，三朝两板重新。蓬门小巷合耕耘。层台芳树碧，徒见掌中纹。

莫问穷通富贵，收来冷暖浮沉。蹙额阑意几多人？淹留期盛景，一掷泪沾襟。

上海外滩（通韵）

一横青翼江头立，剪影黄昏白渡桥。
浮世悲歌弥拱顶，薰风华毂映粼涛。
旗袍裙曳流行色，天际线绘世界潮。
莫道倾城亦倾国，久开襟抱自风标。

国内首例公积金住房抵押贷款
资产证券化市场发行成功有感

期年数次降息差，大市高盘卷砾沙。
房贾盈盘城似镘，蜗庐小弈梦如枷。
频寻新策承悲喜，百亿赀金慰迩遐。
得效少陵寒士梦，万家灯火入丹霞。

注：上海市住房公积金中心经批准成功在国内首次公开发行公积金住房贷款资产证券化，为保障广大职工刚性住房需求的低利率贷款资金开辟新的来源，降低年轻人购房成本。

满庭芳·G20平湖星空

水墨江南,秋湖澈碧,筝琮流丽亭轩。三千高座,呈万象繁弦。放眼古今叠翠,正开卷、大雅华篇。遥空极,姮娥惊慕,西子恁婵娟。

恰逢团圞夜,星云为问,银鹤冲天。筑琳宫,九霄国里轩辕。从此冷霜斫去,清平界、北斗旋旋。年年似,佳期万里,长是好人间。

注:"北斗"指我国北斗卫星导航系统。

G20杭州峰会晚会

浣花西子碧台幽,罗袖盈风锦瑟流。
纵有各怀心事客,也说最忆是杭州。

秋蕊香·知秋

叶落一声知悟，执卷成痴遑处。鬓丝检点初霜露，应是秋风牵汝。

经年泛海颠舟路，休倾诉。孤心最喜黄昏与，新月照人如故。

秋　夜

黛瓦水潆烟，花黄木牖前。
古桥流白雨，曲涧绕青莲。
竹倚凉石静，松听晚月闲。
浮槎尘世外，自诩醉谪仙。

南歌子·初冬姑苏与友人书斋吃面

枫径秋霜白,面庐鲙缕红。围炉呵手老汤浓,满箸银丝香溢小桥东。

多赖芸娘味,贪吟沈复翁。浮生静好拄书筇,幸有沧浪亭外一襟风。

清平乐·夜航观奇云有怀

穹庐见月,忽起千堆雪。叠嶂流涛翻腾烈,杳杳凡间如芥。

九垓划破层阴,瑶台惊煞佳人。怕问者般云下,淋湿多少吟魂。

注:出差夜航,忽遇奇云,庞然浩渺,无以名状。观高空皓月一轮,低空云层闪电,天际上下,迥然异景,一时感慨良多。

永遇乐·登北固山感赋

漫向楼头,沉沉千里,烟渺云绪。半嶂羣甍,一江吴楚,今古同怀处。潮头击筑,鲲鹏致远,不屑鱼鼋如许。莫能外,英雄揾泪,吴钩倩为谁舞。

崖空罅裂,危台重整,倾尽凤心无数。大道式微,精魂自在,懒道人孤负。从兹枕石,流光蕴雪,共剪西窗灯语。且来把、红尘阅尽,秋声揽住。

踏莎行·春雨

澹白流光,林红意渺,小词强琢行吟早。那年人在断桥边,一怀梦是无情稿。

悟在初春,如茵碧草。诗田半亩凡心了。直须惜取眼前花,斜篱酥雨同天老。

摊破浣溪沙·再谒东林书院有感

史鉴尘埋叹党争,百年风雨未同声。立命几曾向黎庶,问先生!

杖履二臣堪故国,权谋万历始哀情。异代碑铭斑驳已,况时名。

水灾感事

举目汪洋楚地摧,银河忽泻瀑天来。
稼禾不复行湍浪,崖石重翻作镜台。
业绩观奢人祸至,冲锋艇疾众生回。
雄师铁血长堤筑,当与灵均共谒台。

满江红·十五周年寄长江人

荜路艰行,嚣尘远,痴心如许。当不负,庙堂书令,晚晴黎庶。殚力千赀堪履薄,别怀稚子重征路。锦帆侧,任弱水三千,一瓢取。

峥嵘事,春秋赋。霜鬓染,梅魂铸。纵苍生无愧,俊杰当汝。面壁十年雕羽振,从兹九陌斜阳举。算新词,风物必吟成,惊人句!

注:写于长江养老保险公司十五周年司庆。

鹧鸪天·观电影《芳华》有感

梦魇从来未绝尘,那年歌舞谓天真。
偶成良马鲜衣士,终是蓬头垢面人。
鸦背坠,雁声沉。夕阳落照血黄昏。
天涯小站归骖晚,收拾年华与白蘋。

住房公积金"放管服"改革有寄

曾叹阶前队几重,推求新政市民拥。
莫教常事多门进,当合明章大路通。
履下不辞甘犬马,云间并辔有夔龙。
来赊槛外春无限,花信纷繁一指中。

注:云间、花信,指互联网、云上的便民服务、指尖服务。

住房改革感赋

十字街头倦二毛,去留兹地久煎熬。
埃尘满眼人情异,弦筦虚声马足劳。
才隽蜗居常往往,市朝合墨每滔滔。
喜闻京洛随车雨,来洗清平慰布袍。

新年观央视《经典咏流传》

　　丁酉薄寒去，辛盘经典逢。
　　寻常苔有梦，俯仰万皆空。
　　雪鬓高怀隐，墨梅清气同。
　　经行晴雨处，坐忘是春风。

注：童声合唱袁枚的五绝《苔》，谭维维演唱的王冕的《墨梅》。

浣溪沙·听胡德夫先生吟唱《来甦·秋思》

　　野旷苍音啸不哀。古谣子立向天垓。原乡一曲唤重来。

　　纵有思古芳草渡，岂无泣血海棠开。长歌可慰故人怀？

注：《来甦·秋思》融入了余光中先生的《乡愁四韵》诗，用台湾地区古谣吟唱，催人泪下。

读余光中先生《听听那冷雨》

憔悴他乡梦不周,情封尺素泪难邮。
杏花春雨江南合,好作少年重倚楼。

初春有感

驿路繁芜长伫立,微茫雨雪忍淹留。
寒风未与人商略,思去归林不自由。

盼归林

久立重门画角宣,抱朴文章对流年。

退思亭外风清绝,人待桃花四月天。

破阵子· 观看朱日和沙场大阅兵有感

天罅鲲鹏穿啸,雷车旌纛风旋。飞将经年沉郁久,铁甲千寻破阵前。八方血欲燃。

江国勒铭泾渭,岂容寸土烽烟。重器威传驱远遁,丝路新开已骈阗。当今漠北鞭!

渐　慢

　　卅载凌风惯自催,退思奋志笑相违。
　　力躬百姓终能逮,马勒征车何必徊。
　　晓角翻听桃叶渡,疏钟好唱柏梁台。
　　莫嗟日色从前疾,雨落圆涟渐次开。

行香子·归田（用晁补之韵）

　　卅载驰骤,今日恬安。旧山居隐作桃源。推窗吟雨,支颔听烟。锁些时好,是时静,久时闲。

　　行云不问,鸣蛩莫管。任琴书乱蝶翩然。黄花把酒,青笠朝天。待桂飞香,苇飞絮,雁飞还。

自　在

终来恬退星星鬓，客路黄尘俱作别。
荷赏猗园久违矣，书隐陶径几痴耶？
素衣集市沽平荠，清簟人家试旧帖。
对坐同吟陈酿酒，稚音门外唤爷爷。

观《我不是药神》影片有感

薄薪老病赊几何？人世难捱生死磨。
凡骨多情真侠骨，沉疴久痛是心疴。
事从大善非红线，廉让苍生效华佗。
从兹不信春风老，正阳同照五梁禾。

菩萨蛮·长生疫苗事件愤作

悬壶济世尘侵已,苍生注泪残花祭。堤罅任滂沱,政疏多烂柯。

利贪蛇鼠合,世乱红羊劫。磨镜出严箴,休教大道沉。

四川地震十载再登青城山

清绝云岚渡壑台,撼山十载约重来。
萝悬古洞青牛卧,瀑跳寒岩白鹤回。
巨石停行怜翡翠,崇祠兴葺护崖嵬。
凌空一柱新椽笔,文脉央央在九垓。

注:地震时,滚落巨石竟然停行于山坡中间。

观盆栽荷花有感

菡萏纤纤愧人扶,转蓬高殿白墙孤。
曾无穷碧连天影,却小微尘向客隅。
韧骨清虚舒亦卷,大音散逸有缘无。
为垂青眼逍遥客,不得婷婷彼岸姝。

立秋有寄

江上炎云暑未休,奈何诗意远楼头。
梧桐书破孤光叶,柯笛吹横不系舟。
掩卷何妨删剩句,空怀自可枕清流。
纶杆一笠瓜洲渡,别是新凉好个秋!

全球疫情激增

寰球混沌失斷轮，何累苍生劫后身。
初幸城中春澹荡，乍惊域外病沉沦。
同袍高义当观国，异毂虚舟讵问津。
旷世横灾谁可遁？每闻消息百思频。

注：异毂虚舟，指西方某些国家的公共卫生部门不顾国民健康的免疫方式，造成大量老年人死亡。

庚子感怀

庚子桃符尚未更，危巢蛰伏始江城。
偏闻锦瑟高楼醉，幸得微言大义铮。
天使远征唯忘我，文心长恸最无声。
敢呼旧序图新革，要为斯民正姓名。

蝶恋花·悼刘智明院长殉职

万户深封天骤暮。疴药相疏,救解鹃啼苦。义士不辞驱厄蛊,躬身载众安危渡。

国难将纾云鹤去。是日年年,哀笛萦三楚。问泪隔空潸几许,此生堪比今宵否?

阮郎归·清明祭抗疫烈士

笛声声咽半旗垂,倾城一哭悲。江天同病汝同衣,殷殷赤胆随。

传薪火,义抱持,杏林恸此时。人间四月已芳菲,英雄缓缓归!

阮郎归·鄂菜小馆重开张

春风十里入通衢,素樱轻吐舒。久栖江燕别寒居,扉开万物甦。

乡音复,客怀濡,殷勤满灶厨。烟窗暖照楚红鲈,闻香小市初。

蝶恋花·读日记有思

身傍斗居愁不寐。世象微情,直笔呈真伪。肺腑只吁濡沫事,犹如汉水汤汤坠。

纵有横枝疏影意,道载芳菲,自醒东风识。何幸惟求忠谏字,阳春饱读知深味。

读毕淑敏小说《花冠病毒》有感

谶语一书犹似镜，逃名十载竟非孤。
冰川老渐疑遗孽，人类危弥只病株？
诿过无非沉黑白，负盟讵可失黄朱。
残枰底事零和奕，天道由来信本初。

注：诿过，指美国政客嫁祸中国言论。

巴黎圣母院大火有思

塞河塔影辉煌筑，耀世百年一炬沉。
玫瑰镂窗销炼狱，紫荆失冠痛虔心。
文明付炬何为鉴？宿命镌墙或作箴。
如失倾城人恻怆，当知雨果亦悲吟。

注：雨果曾在巴黎圣母院塔楼暗角发现有人用手在墙上刻了两个大写的希腊字母——"宿命"。

为银行业科技四十年变迁所赋（通韵）

银行世代紫珠凭，伏案几多白鬓生。
一日等身单证册，终年轧账两三更。
每愁门客蛇形队，还恐逢节天量声。
月首融资月末至，百千舶货百岸横。
小公式里索良骥，旧库存中辩玉晶。
信用鉴裁无定据，何为绳检录丹诚。
房融倦眼迷形似，押品浮值易坐空。
百姓微财频往返，小商自证苦经行。
民营哪个承薄幸，国企从来解多情。
朱笔一支皆亿万，璇题几度负飞甍？
巨帆竞渡凭激荡，新政直开倚共鸣。
破坝拆篱清漾引，聚核建库群贤听。
大军百万无昼夜，廿载奋身始新征。
产业变革图籍外，智能移动锁一屏。
当机网界开新径，问道云端借明瞳。
亿兆空间霓共舞，秒微时速光同铮。
阋墙当破合三叶，隔讯终联共一倾。
虚拟境中杂不妨，物联麾下俱能明。
跛轮实体扶新梦，弹铗菁英助逸庭。

客去天涯无近远，账随弹指瞬间清。
信息无限强国力，风险衡平固民生。
卅年蝶变形筚路，宛若涅槃苦爱行。
不信国无独角兽，惯听跨界空降兵。
金融崛起襄盛世，万邦当为华夏惊。

注：紫珠，指银行百年来一直使用的算盘。

六月末自扬州返沪

廿四桥前涨雨晴，青莲开阖向人平。
一从瘴雾无端隔，几误兰舟枉自横。
清角重翻连九夏，白衣久侍忘三更。
谁人肯负西湖瘦？唤得箫笙与月明。

有感于美国对华贸易战

西风长臂卷嚣尘,贾盗权倾废世伦。
谬杀竟凭怀璧罪,滥征终累覆盆民。
关津异见皆为敌,圭臬双重孰是真?
冷战于今成笑柄,神州已绝北洋臣。

注:怀璧罪,指美国对中国华为技术的无端打压。

望海潮·眺览大沽口炮台

京华虚锁,矛戈逼见,横江夷舰如豺。疏炮击师,腥涛拍碣,戚门忠骨何埋。不蹋霸图哀。更权弊民弱,空剩眦睚。算百年来,九州耻辱几铭骸?

而今阵列天街。倚三千剑气,一国同侪。鸿雁啸云,艨艟搏浪,平戎策里新裁。大势浃浃开。咫尺山河梦,岂许嚣埃。远近翔鸥盟鹭,四海共平台。

闻世园会江西馆获特等奖

江南唯尚学，书院百年村。
奇石连烟境，清瓷透竹轩。
一从吟白鹿，不复向青门。
研墨闻香静，何须锦簇喧。

水龙吟·北斗卫星组网成功

九州直向银河外，五十飞槎仙列。北南经纬，子分亥秒，至时无别。边戍云浮，岛夷波淼，纤毫洞彻。佑南坳渔舟，西域疆土，东归梦、堪殷切。

须记重洋烽烈，折鲲鹏、今人久屈！八方争发，天关夺路，拼将热血。杜宇复生，人寰同享，表仪重锲。看玑衡万象，轩辕国度，在琼霄阙。

西江月·圆明园遗址感怀

十万瑶台沉坠,九天劫火灰寒。繁华一晌旧阑干,雕镂江山空满。

似与后人留约,会当警世强言。百年国祚只今看,鼙鼓重闻何患!

立秋日为书斋得名而作

暑热晴光窗外逼,听秋榭里有嘉荫。
茶烹谢客潺湲水,墨奉唐人舒卷心。
叶渐离枝收远目,世终分野抱幽襟。
新凉当约倾杯句,桂子风前共一斟。

注:荣幸得书法家周紫华先生为吾书斋名"听秋榭"赐墨宝。

深　秋

溽热江南直费猜，伊人秋水望空台。
笔间滞涩浓茶助，琴意阑珊老友催。
大暑威从寒露歇，小蝉喧到朔风徊。
沁心香里终成曲，《八月桂花遍地开》。

注：辛丑年上海遇罕见高温酷暑，桂花直到寒露后方才开放。尾句亦指钢琴练习曲名。

清平乐·整理发现旧文件书稿

旧时鼎革，还见朱红色。省识诸君皆孤直，赢得十年健翮。

重楼一画难成，忘机只为清平。休问沧桑味道，且书新赋为凭。

清平乐·水晶瓶

瓶罂剔透，婉在人前守。匀画冰纹丝丝扣，叠作相逢时候。

雨晴不隔音尘，淡浓还透真淳。与尔同擎杯盏，竟然忘了愁痕。

清平乐·蜻蜓香托

檀烟袅裹，摇动微风可。菡萏蜻蜓轻立妥，问有画船坐我？

未到梅子吟边，也听如梦流年，落也飞耶一笑，有香拂过阑干。

致敬加勒万烈士

狼烟起戍角,扰我西南门。
雪岳杀声烈,寒沙染赤幡。
筑躯铭疆界,横臂卫昆仑。
飞将冰河在,岂教外寇喧。
一从家国志,九死犹气吞。
斯民失爱子,军中折鹏鲲。
潺潺清澈爱,矗矗国士魂。
山川虽静好,铁血已长存。

纪念建党百年诗社组稿（3首）

沁园春·《觉醒年代》观后有思

默武营营，沉陆冥冥，大泽哀鸿。叹纲常颓甚，佞臣久误，苍生哀彻，弱国何从？征棹寒江，抱薪同赋，五四先驱昭笃忠。奋求索，为吾邦兴盛，真理垂虹。

犹无径处沉雄。砥砺进，以身破桎笼。唤九州初醒，明扬德赛，赤旗高卷，直举工农。一叶蓬船，千年变局，几代头颅成大同。当凝目，向征程来处，仰止高峰。

清平乐·致敬早期革命家陈延年、陈乔年

英年矢志，际会风云事，玉立与民同声气，岂向权豪屈膝。

长别望里天涯，一门忠烈几家？血荐轩辕人杰，相逢是处繁花。

注：繁花，指陈独秀先生安葬于合肥市集贤路，虽然和以陈延年、陈乔年命名的延乔路没有会合，但两条路都通往了繁花大道。

嘉兴南湖有怀

疾行百载始红船,筚路苍茫解倒悬。
舍一己身标格独,担天下任立怀坚。
论思国力昭先验,着意民生盖史编。
何虑鲸波围海上,巨航排闼过青巅。

恸悼袁隆平、吴孟超院士

倏忽屏间噩耗真，倾城泪雨复泯泯。
风追九秩功勋士，国恸无双社稷臣。
柳叶刀前肝胆照，胼胝掌上稻禾亲。
先生沥血终承继，华夏当无病殍人。

参与住建部公积金几项改革讨论有感

新市如喧安可隐？归鞍也试马前车。
不使俊杰无锥地，犹教小哥有客庐。
案展金贳重启日，屏销户籍久悬书。
明窗可鉴时更迭，广厦当回创辟初。

台风烟花袭沪有吟

道是烟花美，转头动疾雷。
泼墨玄云压，悬河裂岸垂。
天地波澜接，城池镜像裁。
豪泻潮临海，远浮厦似桅。
夜穿雾花去，朝驭霆风回。
缱绻数千里，踌躇几迂回。
逆浪交兵出，戍城解民危。
昂藏江南士，追风势崔嵬。
莫道杞人意，警闻不寐推。
劳移千户泽，岂允一车摧。
铁笛修云裂，重楼守日开。
众志方舟渡，中流仰梓材。
筑得青山坝，镇蛟东海隈。
人心天心共，大爱向苍苔。

注：烟花，指2021年登陆上海的超强台风。

观北京冬奥会、冬残奥会（4首）

观冬残奥会《听障者圆舞曲》

泼彩江山画，会徽笑靥中。

翩旋飞玉雪，莞转舞惊鸿。

织梦于纤手，会心在美瞳。

谁言谙有障，自励健还聪。

万众皆沈耳，此情动昊穹。

无声光影里，来浴盛歌钟。

注：纤手，即指挥《听障者圆舞曲》的手语老师。

盲人选手李端点燃冬残奥会微火炬

暗黑不辞温暖逐，光明知在掌心擎。

国人屏息殷殷待，夜放梨花竟此声！

赞冬奥会赛场中国元素

居庸岭上龙鳞振，如意连环入九垓。
拔地炉膛穿虎啸，中华生气百年回。

注：炉膛，指首钢高炉成为冬奥会滑雪大跳台。

冬残奥会各地春雪有感（通韵）

微燃一炬望中新，亿万同声始入春。
银岭穿空腾奋翼，冰池流掣射飞人。
已成高谊坚弥久，却憾连墙炙与温。
为助京城冬奥运，神州竟共雪纷纷。

注：连墙，这里指俄乌开战。

壬寅年初即事

百感相交初甲子，若于陵谷喜兼哀。
城头雪界英雄跃，人世间中涕泪催。
危国徒寻洋铠甲，北盟只掘旧炉灰。
承平莫寄乾坤手，信有长风涤尘埃。

注：人世间，指感动亿万人心的电视剧《人世间》。

壬寅初上海寓怀

疫锁交驰重地喉，万家一序隔江楼。
幸儒医左心无恙，须善谋中气共酬。
未悉壶悬参差数，自宽桃绽咫尺愁。
长篱难阻青如许，好约春风趁远游。

壬寅四月有感

长隐朝市难逸兴，书琴相与遣流光。
飞花一地无佳句，濡墨三行愧粉墙。
黑白键中清浊辩，悲凉绪里疾徐藏。
机屏不忍相看久，总让坊间费忖量。

注：清浊、疾徐，这里指钢琴的音色和速度。

南乡子·壬寅立夏居家

依旧各娉婷。一院蔷薇与芷蘅。懵懂我于春色外，愁听，相约春风第几程？

江岸绿无情，梅子黄时讵可更。夕照北窗茶未淡，休停，笔有芳菲鬓自青。

浣溪沙·众邻居后院

铸铁镂花岂隔山,蔽荫院落有炊烟。小篮渡得暖心船。

物易百家情正满,药扶微恙运同连。嗟呀邻里似当年。

注：小区每家后院门上的篮子，防疫期间大家自愿通过小篮调剂生活用品和药品。

收看神州十三号载人飞船返回

如此星辰耀昊穹,身披赤火下关中。
三千奇策寻真宰,迭代殊勋夺化工。
岂道高标唯海国,每看捷报自天宫。
银河挽合清平世,不使甲兵长伏戎。

西平乐慢·壬寅六月有寄

浩荡江滩，好风正劲，惯看迤逦长龙。当盛玉兰，一霎吹落，暮春四月成空。叹物华抽身易去，人事旋来久别，云停陌上楼头，愁凝客里眉峰。安负梅魂义魄？绝境处、百姓是英雄。

危阑凭竹，寒沙见玉，椽笔临屏，凤夜劳躬。犹识得，白衣不寐，驿使停辛，更著时艰铮骨，市井柔肠，合众扶倾巨厦同。日出孤城，钟鸣渊薮，重拾花前，真率依然，清婉流光，欣欣大道相通。

壬寅小满日出小区有寄

空城鸟啭音，大道如阡陌。
绿萼齐人身，紫英竟绮席。
楼头始备樽，槛外终驱疫。
将满未满时，此心当自适。

赞志愿者及诗友

深居再而三,逆行执意坚。
为纾坊间苦,何虑花甲年。
济药馀香手,守区断疫寒。
同袍朝夕守,请命高低参。
老身长愧矣,不得入深蓝。
遥敬一樽酒,清零际会酣。

注:深蓝,这里指居委会未同意笔者蓝衣志愿者的申请。

壬寅晚秋小灶村荷花绽放

霓裳翠袖水晶盘,时值金风竟饱看。
许是怜人相见苦,晚装一袭立秋寒。

酷暑读《小楼听雨》

朝市炎光灼，闭扉入小楼。
含滋逢好雨，起兴借轻舟。
真朴芸编迥，空青藻笔幽。
似临山涧出，中有鹭鸥啾。
渐觉心无羁，或已立清秋。

潮汕博物馆华侨分馆感怀

少辞父老过南洋，沥血销磨久异乡。
几钿侨批清秀字，一怀桑梓漫柔肠。
同盟与共筑新宪，开埠从援馥海邦。
伫立潮头凭望远，潮声依旧鼓胸膛。

注：孙中山先生因潮侨对辛亥革命作出的贡献，誉其为"华侨为革命之母"。侨批，潮汕人下南洋后向家人寄回的血汗钱，也是中国最早的信汇，已由联合国教科文组织选入《世界记忆名录》。

抄录《赤壁怀古》感怀

拙笔案前难入定,焦心托寄斗方中。
空衢难阻阳关叠,寒影犹疑赤壁同。
医国儒冠皆白发,济民小站漫英雄。
腕中绳墨须倾尽,江月冰清慰妪翁。

再读诗社壬寅年诗词集有感

匆行晴雪两重天,开落繁香寄一椽。
犹记当年春正好,旅人萃集每推先。

癸卯初沪上忽降鹅毛大雪（通韵）

羽袖飘然降世间，重教城阙尽欢颜。

骚人窃喜头披雪，从此何须染鬓前。

癸卯春赴金陵依诗友韵

寒霜久矣待新时，二月报春也觉迟。

当喜秦淮曾识路，梅花遣雨正催诗。

重登北固山有怀

又眺江东第一楼,旧编深契欲全收。
眼中海岳仍横枕,屏底硝烟半霸谋。
鸣剑狭途休敛马,惊波大智好维舟。
曾经鼙鼓凭阑处,莫笑庸常几白头。

参观扬州八怪博物馆有感

旧柱残扉落积尘,维扬半集少躬身。
曾经官吏吟为贵,不独诗书各出新。
修禊虹桥垂盛事,濯缨印画作佳辰。
而今湖畔头攒动,知晓渔阳有几人?

注:清朝时期的扬州有"天下文人半集维扬"的美誉。

八声甘州·谒尼山圣境

立千年圣哲浩汤汤,五峰冠八陲。仰儒学故里,杏坛木墓,仁礼丰碑。嗟叹世间幻化,典籍渐凋衰。漫向侧横岭,常倚危篱。

中道肯埋焦土?孔学于盎撒,莫论在斯。信泱泱华夏,宙合大同归。善远虑、取乎其上,便微光、深壑筑新泥。春秋业、高德自显,正熠其辉。

曲阜遇学校组织拜谒孔庙

孔圣堂前自审躬,《论语》齐吟有稚童。
常叹今人多戾气,此间一沐快哉风。

闻金融监管巨贪落网

今闻重伏虎，业界叹蒙尘。
自诩斲轮手，惊为两面人。
千金一字欲，贪思几仁臣？
旧碑当除尽，还誉与庶民。

注：新闻报道前银监会副主席、光大集团董事长唐双宁落网。

癸卯夏日临书李易安《永遇乐》词

词当漱玉丽中奇，落日熔金千古痴。
宋客每吟常作泣，后人琢字亦堪悲。
柳烟梅笛书成易，霜鬓风鬟悟彻迟。
愧我难为云锦笔，何妨只恋好文时。

注：宋客，指南宋著名词人刘辰翁每诵李清照的《永遇乐》词必会"为之涕下"。

水调歌头·重登莫干山感怀

叠峦烟袅杳，万顷竹声稠。横云曲径，古今风物引胜游。又见摩崖镌翠，复照剑池飞瀑，几处隐名楼。少时未谙意，此际始回眸。

行旧馆，空碑碣，独夫休。虚夸八斗，终成蠹市累吞钩。新纪开天破冻，铮谏滋兰斩棘，直向大同谋。一岳沧田事，朗月照清流。

注：五十年前曾随父母来莫干山旅游。此次重游参观了1948年国民党币制颁改金圆券会议旧址，以及1984年著名的"莫干山会议"会址，该会为十二届三中全会的经济改革目标提供了重要的理论研究。

习《岳阳楼记》书法有怀

无缘揽胜上高楼，向古贤边逐玉流。
山水由心摹气象，墨烟入纸意追游。
关民当忌晴偏雨，悯世殊观乐与忧。
自省此生应可可，素笺一叠略当酬。

归来兮农庄割稻（通韵）

小隐相逢晚稻田，鬓斑几个笑挥镰。
不输旧岁一舒啸，还试躬身谁少年？
极目秋原皆粲玉，映樽获雪恰怡颜。
深吟陶令真滋味，天地归来已忘言。

南乡子·观杭州亚运会女子赛艇

黛水与秋光，明镜铺陈旖旎长。千击碧粼舟似箭，奇章，骄女凌波竞一方。

诗雨美无双，怒绽青春别有芳。多少征弦犹在耳，飞扬，当是人生不敢忘。

注：诗雨美无双，意指鲁诗雨、沈双美夺得亚运会第一金。

参观郑州博物院有寄

拙朴中原传古圣,煌煌重鼎豫州藏。
殷墟悠证文明史,正域终弥华夏疆。
法典彼虽中亚始,哲思吾亦百家扬。
放怀不废常思古,岂会修途无蹇骧。

舟山眺莲花洋有寄

高岩一石叠,云海簇拥行。
滩响因风疾,莲翻待日晴。
倭舟几窃阻,鉴真六渡迎。
普寺回头望,烟笼暮鼓声。

注:倭舟,指日本人欲迎中国观音像回国时,莲花洋中出现铁莲花阻渡的传说。

恸梅大高速塌方致敬黄建度先生

连天瓢泼雨,长路惊尽头。
远梦关山失,余尘草木休。
空门悲不数,恸闻绪难收。
所钦真舍己,一跪惊九州。
十里尾灯烁,千家甫归舟。
慈航南国老,义勇压辈俦。
每忆当时险,先生涕泪流。
者番悲悯意,天地应倡酬!

注:今日新闻报道梅大公路被黄建渡先生下跪而拦停的车主全家赶来拜谢救命之恩,黄先生流着泪说"换作你也会这样做的"。读来感动不已。

五一节前雨中堵车有见

旧辙倦途归客行，后窗小字动温情。

眸中倏涌霏微意，自雨自心难辨听。

注：节前开车遇堵，见前方豫牌旧货车后窗贴着励志小字"好好干吧，哥明年给你娶个嫂子"有感。

读友人主编的《全球书店步行》有感

平装新三册，书店百年寻。

信步欧美陆，忘机史哲伦。

左岸繁灯火，临窗沐星辰。

书香与城市，顾盼久为邻。

莫道荧屏阻，人心若沸尘。

字里行间美，惟来纸上真。

练习《哈巴涅拉》钢琴曲有吟

琴前手眼两相疏，技浅心高乐有余。
华采音循金科律，切分调旋百媚裾。
键敲久作自由鸟，弦震酣开隐逸庐。
耳顺只听侬兴曲，新闻旧事管何如？

注：1.《哈巴涅拉》，即歌剧《卡门》中的经典选段。
2.自由鸟，即《卡门》剧中最著名的咏叹调。

沁园春·观舞剧《永和九年》（通韵）

　　雅韵国风，以舞为媒，今古列张。望天帘垂瀑，足洇墨醉；月华落磬，袖展诗扬。鹅羽娜娜，修林朗朗，恣意神行流曲觞。到魏晋、拥三山五岳，慷慨宫商。

　　青蓝紫绿玄黄。玉君子、援毫俱昂藏。俱身舒撇捺，骋怀天地；藤枯垂竖，意脉八方。横领苍云，带萦形美，一枕华胥兴欲狂。千秋永，正长河穿越，致敬华章。

注：1.蓝紫青绿玄黄，指舞台上的王羲之和众雅士文人身着素衣，飘飘欲仙。
2.千秋永，指演员以舞姿演绎永字八法，也指帷幕上的全篇《兰亭序》水墨书迹，气势磅礴。

甲辰秋思

久待秋风生笔下，屏中世事热兼凉。
异邦飞弹天如灼，孤岛缄声气渐惶。
股市高开腾赤兔，楼盘新策释悭囊。
山陀儿近东边海，抛别炎蒸与混茫。

注：山陀儿，指彼时上海周边的超强台风。

听北大才女方周诺亚台湾校园唱《声声慢》

雏凤北来乃寄声，吴音婉转故乡情。
琶穿烟雨幽无限，韵自词章古有名。
同脉当知清丽句，交亲终解玉壶冰。
瀛洲一渡江南似，过尽千帆共月明。

观黄河澄泥砚有感

石砚一方质色匀，墨洇笔酣任逡巡。
黄河泥蕴丹青朴，秦岭风磨纹理淳。
触若冰肌观若玉，研成精气字成麟。
未输端歙千年盛，华卷重开弥觉新。

注：端歙，指澄泥砚与端砚、歙砚、洮砚齐名，为中国四大名砚之一。

甲辰秋自贺《秋叶集》成篇

经年纱作缤纷意，愧我初成一叶秋。
静坐空庭风物见，虔排小字煲厨休。
痴情重摄流光影，岁律已从大梦酬。
不意花开阡陌外，枫红时恰倚江楼。

元旦感怀

又掀旧历到新辰，碌碌时光莫写真。
海气山岚存档满，云间回放只诗人！

自书登瑞士少女峰律诗

鬓白不甘今发轫，濡毫研墨写吾诗。
笺中思绕云霄岭，笔侧摹描少女姿。
乐彼吟情锥底妙，好抒胸次兴中奇。
不期人道清兼拙，钤印一方感旧时。

注：钤印，退休时诗社友人们馈赠的玉石章。

第二辑

山水篇

唐多令·江南老巷

　　思墨瓦阑窗，寻檀紫匾黄。瘦巷边、幽寂斜阳。几处琶弦流故曲，落叶里，謇声长。

　　胭玉旧门香，素纨华月凉。老情怀、萍影何乡。往事依约痴入梦，空阶雨，枕梨棠。

徐家汇天主教藏书楼

　　　　　　　桑影浮雕陵谷见，文明互证始汇堂。
　　　　　　　典章仰谒今昔灿，箧笥知行曲直藏。
　　　　　　　东译儒学传彼岸，西传科教作慈航。
　　　　　　　渐成齑粉仍精粹，厚载百年德与光。

注：1.齑粉，指百年文献已经不能翻阅，只能通过照片来阅读。
2.汇堂，即藏书楼原名为汇堂石室。

念奴娇·济南大明湖清照园

初盘轻鬟,正青荷雏凤,冲寒独秀。词韵工章天赋就,更与黄花吟瘦。疏雨离情,云书雁字,愁何扶残酒。吹箫人去,望中尺鲤可剖?

一夕国破山河,泣心秉笔,皴染西山岫。夜沉陆海焦故土,绝唱鬼雄人斗。俊骨无尘,别裁机杼,千载为螓首。大明今月,皎然清照依旧。

无锡梅园小记

盼是琼瑶此夜翩,姗姗只作洛阳怜。
江南幸有梅香雪,许在春风客梦前。

春游西递宏村

西递娉婷共一词,沼塘作镜画弯眉。
烟皴古巷乡音醉,雨落疏窗桃蕊迟。
书卷气开千毓秀,凌云阁立百戎麾。
石桥久泊红尘外,为续人间不尽思。

春来农家乐

云下流金春赐裳,野田何处不花黄。
连天杏色人犹小,临水风前草自香。
径夹嫣桃迎细柳,篱围青瓦映横塘。
野蔬鲈鲶炊烟袅,姑嫂庭前唤客忙。

行香子·西湖怀古

曲径桃红,摇柳娉婷。至清明、浅碧湖汀。三千玉带,印月空灵。看苏堤胭,白堤翠,垄堤青。

文豪理政,画境临风。策南北、浚澈西泠。疏求爵显,未意碑铭。更醉于山,耽于水,寄于情。

注:文豪,指在杭州任官职的白居易和苏轼,修建了白堤与苏堤。联想起法国的城市建设必须由文化部门和建设部门共同负责管理。

西江千户苗寨

氤氲宛转青峰洗,百丈梯田绕嶂惊。
鏊凤饰银羞半月,云楼栉户点繁星。
长桌歌宴千人和,照夜笙徊众山听。
一抹烟霞落白水,此间烟火惯多情。

阆城怀古（通韵）（2首）

十面临风环碧袖，云台溅玉下瞿唐。
高崖嘶马青龙钱，寒水沉鱼白鹤梁。
肇造长河留史迹，悬思古道问碑章。
擎天大坝横空落，烟波峥嵘月照央。

又

文藻三绝绕紫萝，桓侯世仰立盘陀。
扬名阆地桃园义，祭首阳城好汉歌。
德佑纤夫夔浪险，凤飞橡笔蜀家佛。
犹憾只今忠义少，思无寄处托微波。

注："江上风清"为在张飞庙面朝长江的石壁上所刻的文字。

虞山有吟（通韵）

冷雨空山入，花荫落径庭。
云白浮寺缈，峰黛向城青。
仰面开天罅，徐趋漱玉声。
古碑无字句，却照世人行。

虞美人·过虞山柳如是墓

木兰舟载漪青镜，只合琴台影。衔诗谁共刻烛前，争奈绛云清月、未曾圆。

美人纵作冰河瘦，如是铮铮柳。藻才无字不男儿，却见一丘孤冢、掩柔荑。

时序转毂愁何?
岂教诗意蹉跎。
莫问旧游新赏,
直须天地行歌。

——摘自作者《清平乐·癸卯腊月赠众诗友》

江林根先生摄影作品《夕阳山水》

虞山怀思

凭栏一望若楸棋，史策千年喜亦悲。
黑白吴山归服处，东南杰阁号雄时。
论忠常叹争臣绝，负弩终耽伐越迟。
城阙已埋烽燹事，春秋到此有余思。

西江月·诗社相约"诗情可供忆当年"句

好月长风裁句，愁怀羁旅磨篇。眉间丘壑梦中鞍，方寸沙场纵遣。

便有泛黄旧照，漫存余韵清欢。诗情可供忆当年，留得冰心一片。

乌镇有怀（5首）

浣溪沙·丙申乌镇行

夕照回廊牖倚波，木桡影绰夜听歌。旗亭新酿几消磨。

刻意寻秋诗见拙，难为摹古句留疴。小桥烟雨旧时多。

菩萨蛮·乌镇文脉

悠悠寻梦行深巷，青藤黄卷书风敞。恩贶状元门，昭明慧古今。

栖鸿如仰日，代有才人出。菡萏镌楼头，烟江多少愁。

注：栖鸿，即茅盾先生故居。

菩萨蛮·读木心诗选

斑斓水墨岂今夕,沉香卷秩散清逸。错过即人天,一耽慢从前。

难夜是黄昏,长黯亦清晨。蔓草喋秋寒,杳然旧苍苔。

注:木心,浙江乌镇人。参观博物馆时购得《木心诗选》。

乌镇之乌云奇观(通韵)

一霎翻云起,青墩如墨城。
恍来乌戍守,似起越茄鸣。
孤馆煎心泪,长街碾梦声。
推窗烟渺外,故国满河星。

注:春秋时期吴国在此驻兵以防备越国入侵,"乌戍"由此而来。唐之后不再称其为"乌戍",改为"乌青"。

乌镇重建

条肆深深处,门檐没藓苔。

几家烟火寂,罕有乌蓬回。

倚杖候清樽,望云述梦怀。

草堂空紫燕,许久未归来。

注:为恢复古镇原貌推动旅游事业,乌镇居民已被搬迁到水乡以外的普通村落,镇里尚未修缮的老宅里,只剩老人看守。

巴尔干半岛行吟（10首）

十六湖湖底沉树

　　　　　　古枝隐卧水云间，镜底轻描翡翠颜。
　　　　　　因许美人拥绮梦，倾身为汝已千年。

塞尔维亚原野遇雹雨

　　　　　　黑风迥日压氤氲，云滞天低圻铁鳞。
　　　　　　万廓侧身由霹雳，悲听土下草吟呻。

穆斯林女孩

　　　　　　环佩不摇素淡妆，花神天遣自盈香。
　　　　　　知伊多少芳菲梦，可在镜中笑靥藏？

赴萨拉热窝途中遇桥塌戏作（通韵）

去国车途寻捷径，频穿暗洞野崖森。

众人自诩游击队，忽见轮前桥渡沉。

注：从贝尔格莱德驱车萨拉热窝，司机找了一条小路，沿途野草没径，悬崖高耸，穿越26个山洞。众友人笑说，我们的任务是《瓦尔特保卫萨拉热窝》。不承想前方野岭尽头，一座大桥已然坍塌，巧合了《桥》的场景追忆。

莫斯塔尔老桥

石头小镇百年桥，烽火劫云一夜凋。

赝古沈浮堪祭祀？奢华远逝孰能招。

注：波黑的莫斯塔尔桥，16世纪初奥斯曼帝国时设计建造。1992年老桥彻底坍塌在波黑战争的炮火下，战后虽多方重建和修缮，但已无法恢复原貌。

波黑战争二十八周年有感

参差钟寺道非孤,民粹沉沦失版图。
抗外患曾兵虏破,起兵戎更族群屠。
弹痕蔓草寒依旧,血色玫瑰淡渐无。
一国亡遂多国愿,万人枯冢列如衢。

注:在波黑的老城建筑上,还可以看到"种族灭绝"的涂鸦,墙上弹孔密布,马路上依稀看得见"萨拉热窝玫瑰"。导游告诉我们,所涂的血色花瓣是对当时迫击炮落下炸死人数的记载和致哀。

乘快艇过蓝洞遇海豚群

飞槎犁雪踏烟波,潘鬓几人笑粲多。
叠洞暗生蓝缱绻,浅洋清弄碧婆娑。
莫嫌诗客轻狂态,为有鱼龙放浪歌。
此渡当无三十里,方知六秩枉帆过。

皮兰海滩摄晚霞奇景

云谲如涛万里驰，轻摇湾岬独桅移。

参天油画堪谁作？嵌入斜阳坠海时。

注：皮兰是斯洛文尼亚的一个小渔村，傍晚走在海滩上，夕阳下的云霓和远帆，用最撩人的剪影，散发出无限魅力。

波斯托伊纳溶洞景象

龙宫上古自然成，巨树悬天万象惊。

斜舞鹤翎凭鬼斧，漫飞石雨作幽声。

良缘剪烛千千结，高士围炉夜夜盟。

一朵琼花开壁上，修成几世得逢卿！

注：斯洛文尼亚的布波斯托伊那溶洞是欧洲第二大溶洞，中有一千五百万年历史的洞螈古生物。洞内气势恢宏，千姿百态，栩栩如生。得知此处钟乳石每四百年增长一厘米，此行甚幸！

布莱德湖铁托别墅感怀

> 冰山开玉镜，森森复多情。
> 禽卧湖光静，舟悬岛影横。
> 回看芳草歇，久立逆云生。
> 落照沉钟寺，风前响异声。

注：1.沉钟，指布莱德湖湖心岛的古教堂前那口重达176公斤的大钟。传说十六世纪时这里有位女子因丈夫战死在抗击奥斯曼帝国入侵的战斗中，悲痛欲绝地铸了大钟运送湖心岛教堂，因遇狂风大雨船与大钟都沉入湖底。相传至今还能隐约听到来自湖底的钟声。
2.前南斯拉夫总统铁托在布莱德湖建有别墅，如今还能看到他生前许多照片和生平记载。

青玉案·塞罕坝七星湖

　　木兰玉镜波横蘦,碧绸漾、秋鬟绾。邈麓松风余响远,云盘如意,雪作萦念,描尽沧桑变。

　　参差万顷彰前传,蓊郁高天润芝畹。昨夜依稀相与见,星眸妆已,水湄流盼,散入林花甸。

寄赛罕坝护林人

塞上秋深竟翠微,青春几代棘为扉。
曾沙蔽日人踪罕,今树穿晴花气微。
陌上客谁多尽瘁,马前卒已久乖违。
黄尘终谒关山外,碑镌无名老将归。

塞罕坝赠友人和自赠（3首）

菊花冠之赠 Jilia

白桦林中野菊花，烟峦小径娜达莎。
美人心事婷婷影，谁为风情半日奢。

蒲公英之赠叶笛

来赏初秋山水色，翩然小伞立蓬蒿。
童心一捧风吹远，寄向白云是旧谣。

秋叶自赠

谢了秋林落了侬，缤纷秋色转如蓬。
我飞秋叶高风里，要与秋声意气同。

登明月山（8首）

月亮湖奇景所思

临湖如异世，出牖坐云渊。
天水浑茫合，山光黑白研。
水杉形槁木，倦客已余年。
散帙风吹袖，人来月下船。

山崖偶见白玉兰

绝顶兰如雪，遥看鹤不群。
孤听天罅雨，静倚石棱云。
妆淡由来似，怀高只此分。
闻卿怜月色，是夜落纷纷。

青云栈道

　　　　　　天公不屑江南景，突掷奇峰耸我旁。
　　　　　　涧谷鸣弦听漱玉，峭崖染翠倚修篁。
　　　　　　雾绡成海山成蜃，栈道入天句入囊。
　　　　　　无意青云当直上，振衣自喜独行行。

注：栈道边标牌"直上青云"。

登高自嘲

　　　　　　云深人不见，咫尺仅闻声。
　　　　　　绝巘拂衣骇，苍苔步履惊。
　　　　　　倚栏身似坠，扶石句难成。
　　　　　　欲仰骑鲸客，绝尘已纵横。

风入松·明月山登高感赋

　　五峰悬缆入岚烟。梦坐云边。松篁极目长风动,势汤汤、幽谷繁弦。太息万千苍壑,浑成水墨人间。

　　壁横长剑绕巇峦,几处危阑。却舒天地清凉意,袂飘飞、胸次悠然。向晚盈虚清月,可来大隐听禅。

仰　山

莲花庇杏木,豁远到云峰。
橡笔摩崖在,高僧德望崇。
仰身栖隐寺,拾级谒宗风。
古刹三界外,孤轮月照空。

为同行诗友所赋

红绡绿幔又裁春,缥缈仙山若绝尘。
久别双柑樽未浅,一逢古杏意堪亲。
旧怀不叙灵犀在,同好元归白石循。
且挂吟筇明月去,诗怀胜似过龙津。

醉花阴·赣州行诗友上海临江夜歌

何故诗心逢酒举,皆为天真语。倾盖似当年,一脉风华,歌踏烟波路。

也教纫佩从新赋。渐自家机杼。林晚漫停车,过眼繁花,只约清秋句。

忆江南·宽窄巷子（3首）

（一）

玲珑阁，窗倚望清幽。

几卷诗书吟自在，一瓯瑶草慰闲愁，唐宋月如钩。

（二）

芙蓉界，茶语舞斑斓。

竹槛彩瓷凉豆粉，蕉窗白糯赖汤圆，不再忆江南。

注：茶铺小哥舞动着长嘴铁壶为客人斟茶，技艺非凡。

（三）

南北调，此处最相亲。

窄巷宽墙来往惯，骚人香客浓淡斟，博大乃精深。

北欧之旅（5首）

访丹麦安徒生故居

儿时之所梦，今向客城寻。
细雨斜阶冷，苍门旧物侵。
孤孩薪火梦，丑雏海天心。
鳞翼甘珠碎，王冠耻居歆。
诗文藏棱角，童话启良箴。
天地皆混沌，人间独竖琴。
百年感斯须，葛蔓共遐琛。
菩叶垂声密，春光次第深。

冰岛印象

苍穹一立经年几？突兀巨艨亘古留。
褐土八荒人迹绝，夕阳万象雪巅浮。
䨼埋赤火冲天问，冰泻蓝川使客愁。
微步独车真渺渺，当时肯信在星球。

注：1.冬季行车在冰岛，若不是公路旁电线杆和偶有的小屋，如同身处外星球。
2.巨艨，指高耸的火山岩石。

冰岛瓦特纳冰川融化

积玉堆琼上古遗，北行逶迤向天垂。
轰然瀑落千般碎，已矣奔流万种悲。
蜃气频升因逐暖，烽烟久叠各临危。
繁华多在当朝盛，敢问儿孙可与期？

注：冰岛瓦特纳古冰川世界排名第三。受全球气候转暖影响，冰川每年以八百米的速度消融。

夜宿芬兰苦等不遇北极光

小屋地球偏北处,玻璃顶眺不成眠。

明知天意浑难料,仍觉虔心可偶然。

欢颜因现繁星澈,屏息终听冷雨绵。

恨无撩起云帷手,一探穹窿碧玉弦。

注:玻璃,为观看极光所住的罗瓦涅米玻璃屋酒店。

芬兰北博尔山脉观雪有记

团云硕朵枝头簇,日月妆前幻万端。

莽岭漫飞千纸鹤,高崖遍耸玉阑杆。

原生态佑苍森郁,巨擘屏遮北极寒。

何谓世间尘不染,佛家基督略同看。

注:芬兰北极村是圣诞老人的圣地,在北欧最为高耸的北博尔山脉下。

定风波·东京国立博物馆见中国文物

奇画珍瓷墨竹筠,传灯石佛隐唐尘。铜钺春秋谁是主。却数,釉黄怒马几烧痕。

周鼎堪封邻国宝。只道,文明已悴镜中云。遥岸楼迟当获问。休恨。疾风已醒旧江蘋。

定风波·听斯美塔那交响曲《伏尔塔瓦河》

轰响湍流挟疾风,峭岩淬玉叠涛重。塔顶钟声谁荡激,战栗,黑云铁骑正隆隆。

昔日江河堪逝远,放眼,云霄故国矗斯翁。月下仙姝传圣水,森邃,繁弦绵邈向从容。

注:斯翁,即捷克作曲家斯美塔那。他所作《我的祖国》交响诗套曲中的《伏尔塔瓦河》,被称为捷克第二国歌。在十四世纪的查理大桥上眺望伏尔塔瓦河,聆听贝德李赫·斯美塔那的交响曲,心潮澎湃。

八声甘州·蓟州盘山行吟（通韵）

唤无边峻色洗襟尘，听翠入秋岚。望峰峦赴壑，摩崖抱字，漱玉铿磐。天际云横一线，万廓见欣然。挂月高巅上，悬镜人间。

恍似流年重现，感松生石罅、瀑泻珠弹。笑胸中积墨，手底却无笺。渐斜阳、记当归去，放词心、大化始无端。携诗侣、奉清人赐，已忘江南。

注：乾隆帝曾三十二次幸巡盘山，写有"早知有盘山，何必下江南"的诗句。

登居庸关分得"间"字韵（通韵）

一关雄矗水云间，两峭危楼触九天。
埋血磴阶通汉月，遗诗城堆响明鞍。
祇今晴雨东西辨，终古盛衰上下观。
最喜藩屏疆土固，为教龙旆海东悬。

抱病登盘山有感

一登燕脉意堂堂，众友山行心欲狂。
极目向巅邀月近，弃筇环岫共云翔。
自知寒嗽人不道，岂肯胜游病相妨。
空谷清风斟细细，为君识我好文章。

南澳岛回归线观日落所思

小屿鸣横琴，波长漾碎金。
赤圆方惜坠，白鹳正讴吟。
炎和凉有界，情与物同襟。
海天人合一，俱在此时心。

注：在南、北回归线景点，感受"天人互泰"的含义。

与诗友苏州行（4首）

苏州可园

庭园深秀可人情，水月玲珑翠意倾。

花透闲窗书挹案，竹摇幽径紫吟声。

匾联胜玉惊文赋，君子如兰淡世名。

绝爱短墙红叶小，沧浪半亩也濯缨。

苏州博物馆逢闭馆有憾

久慕姑苏贝氏珠，吴门新馆蕴文儒。

紫藤架续衡山脉，青叠石幽米芾图。

望里神思人久约，行前佳句欲将呼。

近门忽告云游未，怅问秋风管得无？

注：1.衡山，贝聿铭在设计苏州博物馆时建议要有紫藤园，并用文徵明（文衡山）曾在博物馆旧址旁的庭院居住时种下的紫藤树枝嫁接而成。

2.叠石，馆前设计的石块三维图得米芾《云山图》启发。

微醺过苏州阊门

阊风破楚老苍苔,铁马戎衣万里开。
一立旧时明月下,吴人应怨我迟来。

与诗友游枫桥

空灵绝句世人倾,花甲只今我愧行。
临水邈思一江月,崇碑镌刻十分情。
古桥倒影动云色,寒寺疏钟避盛名。
攘攘人流中四顾,信是清声盖佩声。

浙江临海与诗词大家同行

冬日从游到翠岑,湖涵晴野寺听琛。
旧城门下星巴克,曲榭风中碧玉簪。
绝爱文章承雅尚,更耽金石振唐音。
诸师相见旋相别,立雪梅边信可寻。

注:碧玉簪,指越剧《碧玉簪》,临海到处可以听到市民演唱越剧。

霜天晓角·临海古长城谒戚继光塑像

台州古堞。别样天风彻。兀傲百年双绝,平蛟浪、退倭孽。旌拂。长仗钺。铸平生奇节。有戚将军在此,犹记着、江南烈。

霜花腴·四十年后重登琅琊山

雨霏雾晦,忆昔时,农人恰在愁边。思拜文豪,欲聆清响,偏教塔废碑残。涧流枕寒。剩黯亭、梅断阑珊。叹凋零、太守如何,野芳酣宴醉陶然?

枫叶荻花蓬转,讶秋声一抹,入画晴川。霞仰鸿儒,文镌青嶂,重开远籁潺湲。子瞻墨喧。赋满瓯、相与斑斓。正和风、气象升腾,古今无限看。

庚子年初南非行漫吟（5首）

登南非桌山

上帝乾坤指，平桌立穹窿。

环峦云气抱，极目海天融。

凭眺星罗子，任听剑啸风。

东西回合处，史事略相同！

注：南非桌山为世界第七大奇景，被称为"上帝的餐桌"。联想到《世界是平的》一书有感。

船过豪特海湾

云蒸海气隐真容，不识危崖过几重。

行到喧豗澄澈处，当开朗朗九天风。

南非比林斯堡国家公园

大野平云浮落日,草分坡径向天途。
车前鹿逐欢斑马,人左象驮小黑鸱。
狮共晚霞成绝色,羚依清镜胜仙壶。
世间莫扰生灵合,失乐园中不及呼。

好望角即兴

万钧狂澜怒击巅,震耳疾雷未胆寒。
我立星球偏一隅,眺听狂想曲滔天。

立大西洋、印度洋界碑处口占一首

分足双洋立,非洲最顶端。
小球一潭水,亿万光年前。

注:所站立的界碑是大西洋和印度洋交界的非洲最南端。

仰瞻房山石刻佛经地宫

辽金风万里,得奉琬公荫。
刻玉埋红处,留香滋露深。
微尘终古抱,无碍一般心。
钟磬空山响,冰轮照高林。

戒台寺牡丹茶院小坐

静倚云山听梵呗,清秋满院不需茶。
松风来去牵衣似,谁共耽看月影斜?

谒武侯祠三绝碑

驳蚀碑前古柏苍,文书刻璧合重光。
儿时多少英雄梦,只在纶巾不在王。

画堂春·访黄篾楼、子久草堂不入

山庐枕影半湖平。柳绦难羁驰情。画堂皴笔弗能行。心约无凭。

儒士席虚梅散。大痴砚去尘生。空留菉竹向新庭。兀自青青。

注：黄篾楼是元代著名文学家张雨所建，子久草堂是黄公望的旧居。现因改成私人会所而拒绝游人参观。

踏莎行·瘦西湖

曲岸玲珑，白瓯纤巧，青衣窈窕蛮腰小。五亭明月几重圆，虹桥澹影一夕照。

画舫箫弦，凌波御钓，玉人墨客凭栏眺。扬州未必不西湖，禅云深处藏襟抱。

黔江道中有吟

蜀中飞翼过,途间拜武陵。
平峦铺鹤道,湖岛入青瓶。
祠载前贤事,江流太古声。
龟栖峡谷峙,人仰峰头听。
往日贫薄境,丰稔拔地生。
乡村连枢纽,展翅藉双城。
苗岭人攒动,土楼欢共倾。
山歌何处发?婉转动吾情!

注:1.鹤道,指在崇山峻岭中建起的飞机跑道。
2.双城,指成渝双城经济圈。

广州参会高铁返沪有记(3首)

过广东境内

青嶂氤氲润杏腮,黄花万里野田开。

奈何崖洞频频入,一轴长图几段裁?

过湖南境内

云闲一抹芙蓉岭,竹径倚墙枕石间。

记得朋俦茶酒约,余生来作几鸥闲。

过江西境内

长车又入宜春界,远近苍峦道笔藏。

久觅浑无高境处,方知明月是吾乡。

注:明月,指宜春明月山。曾与众诗友一起攀登。有怀。

内蒙行（3首）

夜宿呼伦贝尔蒙古包

绝尘逃酷暑，草色蕴深秋。
伸手星空及，怀人皓月幽。
圆穹如此小，愁绪不禁柔。
犹自听天籁，邻牛偶尔哞。

注：圆穹，指蒙古包顶。

根河停伐纪念碑寄怀

北上兴安冷极圈，莽林千里接云巅。
无樽畅饮氧分子，是处随听绿管弦。
七载伐柯停履迹，亿株嘉木复鸿篇。
莫言气候须摹写，已谱神州画里天。

注：气候，指中美在《巴黎协定》框架下遏制气候危机的合作。

大兴安岭访鄂温克族（通韵）

牧耕分野千年矣，此地依然部落风。

驯鹿铃随泉袅袅，石烟灶共雨蒙蒙。

边缘宁守山为骨，老梦虔留义传宗。

《右岸》留题谁解语，逶迤翠霭正图腾。

注：右岸，指迟子建小说《额尔古纳河右岸》，此小说曾获茅盾文学奖。鄂温克族是生活在根河的我国规模最小的民族，世代敬畏森林、挚爱驯鹿，虽逐渐边缘化，仍传承信仰。

夜宿安徽广德山村农家

村牌留黛瓦，白壁好楹联。
山庄名乐府，塘镜跃鱼鸢。
雕窗工未必，酒瓮庞居然！
阳蓬恍度假，土菜忆流年。
暮色方笼树，欢声已透扉。
话与农家妇，犁锄记依稀。
皖东久贫瘠，粮产偏式微。
泥路盘山远，茅檐锁征衣。
改革开国运，农事解重帏。
县官重生态，善治于化机。
禾稼依山碧，鳜鲈沉水肥。
驰道蜿蜒势，直跃笄峰巅。
竹海萦吴越，卢湖蕴墨篇。
乡居旅人聚，文脉古城宣。
茶酒一行醉，穰穰唱瑞年。
林梢挂赤月，蟋蟀近吾眠。

注：赤月，广德乡村是夜恰逢月全食。

游浙江绍兴（2首）

东湖印象

扑面画风真复古，峭岩十里竞斑斓。
黛青勾勒深湖镜，黄褐渲皴老嶂峦。
仄洞近人乌楫小，高天过眼一分宽。
繁花几树崖前探，硬笔柔情相对看。

清平乐·曲水流觞听吹埙

夏山日暮，翘檐飞云驻。竹间忽闻幽埙诉，一霎眸前蒙雾。

兰亭偏爱蘭亭，后情不似昔情。才罢吟边杯酒，能于妙墨逢卿？

注：昔情，读《兰亭集序》中"后之视今，亦犹今之视昔"有感。

云南行（4首）

怒江大峡谷行吟

褶皱高原耸巨肩，一扛万里画中天。

浮崖云气通幽翠，击石岚烟响怒川。

四季园田堪世外，千寻物种故芊绵。

弦歌盈出茶马道，普利策当推此篇。

浣溪沙·登碧罗雪山眺皇冠山

千仞峰台月作邻，长河俯瞰镜无尘，老村仙界孰为真？

二十八盘云上路，九重气合道中轮。登高始敬筑阶人。

注：站在海拔3000多米的碧罗雪山上，远眺皇冠山和二十八弯山路，俯瞰滔滔怒江。向为怒族和傈僳族村民修路而牺牲的烈士陵园致敬。导游说，皇冠也为英雄而戴。

徒步高黎贡山和百花岭

临峦真极目，野色入眸清。
途步天穹下，追风绿衾声。
林莽何其渺，老树绕苔横。
繁育真源籽，野生福地名。
归巢忽黑鹳，跃壁偶青麂。
蕉叶高九尺，虬枝拱石惊。
岭头长瀑落，涧底疾雷鸣。
怒水奔腾出，直向纵谷行。
回看泥泞路，扶筇笑霜鬓。
老来痴绝事，诗书与驿程！

丙中洛访怒族国家级非遗传承人

寻幽绣谷人神共，石磴牵萝有笛翩。

织锦衣崇乡国礼，摇篮曲奉祖先传。

怡孙自享濠梁乐，覆网时传圃泽鲜。

常忆民歌登奥运，还期高铁滇藏穿。

注：1.织锦衣与摇篮曲均为怒族祖传的文化遗产。
2.覆网，指怒族村民通过互联网推销当地的蔬菜和玉米。

从山西岸再观壶口瀑布

一泻龙漕秦晋出，升腾虹雾梦中回。

时光镜里分明见，热面汤和君子杯。

注：忽忆十多年前公司组织优秀党员、先进员工在壶口瀑布陕西岸的活动，情景如在眼前。

浣溪沙·步行大唐不夜城

十里唐城作俊游，花灯珩珮夜绸缪，贞观盛事恰高楼。

大雁塔前如置梦，弦歌声外欲寻幽，小家铺正上帘钩。

甲辰京西行（5首）

甲辰春与友人游潭柘寺

望中高殿有谁争？万壑松间瑞霭生。
古翁新芽为客探，二乔粉白向春倾。
风催才子诗衔玉，梨映佳人照入清。
钟鼓伽蓝尘外仰，参天柏杏动心声。

注：1.寺内千年的柏树和杏树高耸入云，不由得联想谐音"百姓"二字。
2.二乔，指潭柘寺外竞相开放的粉玉兰和白玉兰。

天净沙·访马致远故居

元曲一代公卿，掩扉依旧空名。独立苍音月冷，憾无人省，谓何来拜先生？

途经门头沟有思

潭柘寺前住世心，旧时村落到云深。
清溪纷泻横桥下，不复去今骇浪侵。

参观周口店遗址博物馆

远古深坑始是真，中华龙骨岂沉沦。
每波澜处凭回望，百世于今直立身。

京西古道梨花

漫野如茵到帝乡，吟魂几个亦清狂。
梨花合是争春共，笑靥莹莹过旧墙。

景德镇陶溪川文创街有感

市集融融鼎沸声,匠人创客试一鸣。

胚从土与火中炼,技在勤兼败后成。

瓷釉纹新奇不限,玉壶复古穷其精。

景漂十载何当数,今代青年岂躺平!

注:在陶溪川文创街购买景德镇陶瓷大学年轻创客(自称"景漂"一族)的精致作品。

浮梁镇有记

浮梁起势向天青,云润古茶味自馨。

商贾于今皆大雅,满街元白满城听。

注:浮梁镇满街墙上都书写着与茶叶相关的古诗词,有白居易的"商人重利轻别离,前月浮梁买茶去",和元稹的《一七令·茶》。茶商生意颇兴隆。

浙南行（3首）

通济堰谒范成大题碑

弥望拱流层叠出，端知渠网若叶弦？
千年疏凿丰功史，一法平成碧水阡。
蔽日古樟扶晚翠，镌碑瘦笔瞻华篇。
亦诗亦吏亲农亦，百赋田园感昔贤。

注：范成大写有田园诗近百首。其《四时田园杂兴》是中国诗歌史上规模最宏伟、最贴近农民劳动生活的田园组诗。

巫山一段云·松阳县古村落书店

浙沥村头雨，峭崖古树参。乌檐枋比偎烟岚，秘境立江南。

万卷方中隐，流光画里耽。本初世界几曾谙？行客我犹惭。

注：松阳县陈家铺村的先锋书店，开在悬崖上的古村落中。窗外云峦与村居，店里老邮筒和咖啡，让人在古老和摩登中穿梭。

缙云石宕书房

举目洞中天，湛蓝若一悬。

壁立千尺雪，巉皱万重丹。

新锐擅丘壑，废场焕时颜。

山拥人以抱，墨取石为笺。

风拂文脉馥，戏开宕水妍。

夜月如幻出，清霜纷落岩。

置身于梦境，岂辩人或仙。

采石千年史，遗产再承宣。

谁为创意者？金奖徐甜甜！

注：新锐、徐甜甜，这里指缙云石宕书房创意人、建筑师徐甜甜和北京 DnA—Design and Architecture 事务所团队，他们将废弃的采石场在保留原貌的基础上改造成石宕书房和戏剧舞台，荣获 2021 年国际可持续建筑奖金奖。

欧洲四国行（6首）

德国科隆大教堂

斑斓遗产仰前贤，高耸慈光犹触天。

哥特塔尖承笃信，玫瑰穹画沐恩怜。

曾烽火劫周遭烬，留乱离城百代镌。

仇戟于今应折尽，大同世界好芊绵。

注：参观时看到第二次世界大战结束前，盟军战机群轰炸科隆后的照片，周边建筑已被夷为平地，唯独留下了科隆大教堂。

夏日登阿尔卑斯少女峰

四千之上若飘蓬，一任峻极九霄风。

远眺黛青童话界，纷来瑶羽广寒宫。

旧轮轨凿冰川史，长号声邀天地盅。

莫道白头痴不得，诗心欲与谪仙同。

法国利克威尔小镇

街前老椴树，与客说千年。

童话木筋屋，风情旧信笺。

小城因"好色"，目及皆斑斓。

台硌绿茵缀，页窗粉簇喧。

笔皴生意象，弦拨忆流年。

香颂与浪漫，此处夺人先。

注：中世纪的小镇，古罗马式的框架房屋色彩斑斓，路旁鲜花盛开，私人画室的色块涂抹、街头酒吧的琴声飘出和人头攒动，散发出法兰西风情万种的迷人气息。

游阿姆斯特丹运河印象

迤逦舟横纵，楼台近水旁。

千桥衍美镜，夏卉饰临窗。

鸥鸟追人舞，粼波炫日妆。

沿河展馆集，彼岸雕塑彰。

官邸无衙戟，皇宫弃女墙。

单车誉王国，老少皆国王。

天香·瑞士巴塞尔印象

曲项鹅行,蓝湖宝石,遥看镜峰披雪。花饰流廊,钟鸣尖塔,沉吟贝翁明月。千年城阙。曾沧作,罗马士卒。悲见雄狮穿镞,徒为法皇歃血。

高悬倚中旗钺,远盟鸥、重造奇崛。问鼎精工长技,八方迂阔。凌跨金融史阙。袖善舞、一朝为主臬。俱看壶天,知谁环玦?

注:1.途经设立于巴塞尔的国际清算银行总部大楼,回想起二十世纪八十年代末全球推行的银行资本充足率管理规则,有感。2.贝翁明月,指贝多芬在瑞士琉森湖畔所作的《月光奏鸣曲》。3.穿镞雄狮,即巴塞尔著名纪念碑,曾被维克多·雨果称为"世界上最悲伤的狮子"。

荷兰国立博物馆观伦勃朗《夜巡》

巨屏擘画垂天立，世袭阶前近庶民。

独创朦胧喧彼见，别裁斑斓重斯真。

明黄暖凝光影色，清隽流分世俗身。

华彩百年斑驳未，流芳恰是画中人。

注：1.欧洲十七世纪最伟大的画家伦勃朗的著名油画《夜巡》是荷兰国宝之一。彼时，伦勃朗应约为阿姆斯特丹卫队绘集体肖像画，他通过独特构图和明暗处理，为油画作品注入震撼人心的勃勃生机，成为"以黑暗绘就光明"的巅峰之作。但，因被画像者的光线明暗不一，位置轻重不一，未满足所有委托者的愿望，被诉诸法院并赔偿委托画款，这极大地伤害了伦勃朗的声誉，为此他成了阿姆斯特丹最不受欢迎的画家。

2.画中人，指当时作为大画家的伦勃朗，把自己也画入了《夜巡》中非常昏暗的地方，作为衬托整个画面中明亮色的不起眼人物之一。

张家界纪行（4首）

登摘星台

平生杖履近天垓，一探凌空五尺台。

崖间纵立三千柱，云桥不得摘星回。

游天门山天门洞

久慕武陵源，登临一线牵。

绝崖云梦泽，小心立镜渊。

高洞流霞迥，天梯倚日悬。

翼飞千丈落，路仄疾车穿。

当美少年勇，更珍夕照颜。

问吾一何滞，恐不得佳篇。

注：翼飞、疾车，指天门山也是中国和世界极限运动爱好者的天堂，长期举办翼装飞行、赛车漂移等赛事活动。

走金鞭溪红军路并谒贺龙元帅墓

金鞭十里望中赊,清气盈胸自峻崖。
戎马南昌第一戈,旌旗湘鄂始萌芽。
澧江强渡成奇捷,薪火始存得永嘉。
多少头颅天地立,碑前无尽勿忘花。

乾坤柱

拔地向天千仞立,此中一柱撼人神。
乾坤自带中华色,《旧约》新说概难陈。

注:电影《阿凡达》在张家界拍摄并上映后,有关方面曾考虑将乾坤柱更名为哈利路亚山。

黄山行（3首）

为天都峰所照而题

比肩云上已忘机，险道倏逢古者归。

倚壑举杯如侃侃，名山观止孰此非？

注：天都峰的山麓间，偶然拍摄到阳光投射的山影，友人说神似徐霞客在饮茶并话黄山。

西海大峡谷之妙笔生花

百里箭峰皴墨斜，高巅深豁目穷奢。

人间妙笔谁擎举，排闼青云出帝榻。

八声甘州·登黄山天都峰半途而下

向嶙峋峰壑恁多情,天都誓来行。望松蓊虬翠,摩崖题刻,领粹摹精。仰看神工巨斧,山势奔腾惊。古道凌云上,直抵沧溟。

危磴攀跻迥转,屡石来东圻,人自斜横。恰蹒跚归客,几个倜傥声?倚栏空、疾风没履,鲫背悬、似百丈将倾。旋回首,任朋俦笑,许我镌铭。

第三辑

师友篇

与杨逸明会长、诗友登慕田峪长城（2首）

古今多少梦雄关，起伏苍龙万叠山。
人为烟岚如画醉，史留垛堞被风传。
驱倭曾列千刃阵，织梦今凭十亿肩。
岭外久闻狼虎动，幽燕重策缚妖鞭。

注：千刃阵，指抗战时期宋哲元将军率二十九军在长城以大刀痛歼日寇。

又

黄花久慕垛如盏，道是怀柔酿烈醅。
风蠹迤逦云堑下，月阶掩映戍城隈。
汉弓已筑钳倭阵，秦镜犹悬鉴史台。
一笑虫沙穷武事，仰来箭扣到天垓。

与杨逸明会长、诗友聚农家小院

农院小村京畿北,土檐藏拙石抱奇。
梅香瓶左叠窗纸,柿树红前唱翠鹂。
诗酿无需杯酒斗,墨酣须向壁联提。
临行深揖佳肴事,犹记婆婆笑可掬。

喝火令·寄旧时好友

桂子芬芳落,枫墀向晚红。素心犹来素月同。便作梦烟一缕,秋色入帘栊。

去自小家碧,归来大雅风。雪泥跋履掠轻鸿。醉里相思,醉里说吴侬,醉里美人迟暮,不意对飘蓬。

孟春观友人作画

纸上又春翩,陶然五色田。
竹疏浓迭墨,岫远淡皴烟。
流水疑洇袖,飞花恍落肩。
云边留白意,好取梦芊绵。

孟春观友人草书

管毫蘸空色,冷暖砚中匀。
乍点惊天墨,突旋渴骥身。
老藤缠劲骨,细草隐微尘。
印篆钤圆玉,恰如月近人。

寄 友（3首）

襟怀朗朗世人知，迥立霜风慎所思。
秋地黄花镶一色，为民添作御寒衣。

又

荆关只渡翁媪事，笔底赓酬唐宋风，
凛冽一身清白筑，庙堂可再遇明瞳？

又

此间筚路几堪持，幸得春风望有期。
赋就云边新雨沃，催来千紫万红时。

与友人在黟城

芸薹开陌上,春色共忘机。
柳倚初阳合,云浮远岫归。
渔梁牵子嗣,墟里问柴扉。
不见丽人老,风前歌采薇。

春暮寄友人(通韵)

征衣恬澹数十年,百谏微声举世牵。
万亿赀粮躬履事,千叠政令笃行间。
苍生爱自冰壶寄,锦瑟情从瘦梦翩。
世事荣枯风渺远,渭城客柳寄君笺。

金缕曲·为好友辞职而作（通韵）

此绪何堪矣！忆当年，布令图治，催来骁骑。一洗书生儿女态，尝作柔肩倾力。任契阔、青白眼底。从此韶华多磨难，谏千篇，是赤诚凭据。迢递路，痴心系。

东西南北峥嵘地。渐成璧，焉知未有，晋公暗意。横戟翻飞笳鸣乱，几唤江东不去。宁碎玉，士为知己。淡看人生无常戏，算几何？拼个男儿气。无限爱，苍天记。

读友人诗词集有感

长亭未老水仍潺，甲子秋邀菊颂还。
洗笔不因花事落，铺笺好作楚峣攀。
凡尘黑白由双面，俊骨炎凉若一般。
独向烟波轻棹过，清风朗月照人宽。

浣溪沙·和还李树喜会长赐词

久别重逢滋味醇,物非花是意长存。有诗入梦总深深。

风雅高吟如春沐,文章百读叹渊沦,方知吾是远途人。

浣溪沙·为上海滩宴谢秋叶
——李树喜会长原作

上海滩头韵味醇,如丝小雨道温存,滔滔未必是深深。

曲径繁华容易醉,江边老树不沉沦。糊涂难得是诗人。

卜算子·雨夜与师友雅聚分韵拈得"爱"字

今也池上杯，乘兴秋风快。满座犹聆疏澹声，大道于尘外。

醉和了凡歌，更喜痴心在。豪雨也知一片情，洒满人间爱。

拙和树喜会长兼寄了凡、恭震诗友

泠泠釉色醇，袅袅伯牙真。
玉树拈花阙，凡君遏水滨。
墨敏千客渡，声罄九霄巡。
彼岸同圆月，应逢远足人。

我立星球偏一隅，眺听狂想曲滔天。
——摘自作者《好望角即兴》

水调歌头·贺友人退休（通韵）

文出经纶手，江为庶黎开。涛涌十载，如练向天垓。曾记苍茫愁悴，已惯星灯无寐，俱作浩心栽。冉冉桑榆近，不负照苍苔。

玉楼聚，同击缶，贺君怀。扁舟兰桨，相忘鸥鹭啸天台。岂信青山老矣，从此快哉风笔，唱和李苏白。重划三江地，雏燕好归来。

微信观银行友人春游照片

九陌樱花不胜吹，柳绦是处向人垂。
入新油画春调色，约碧芽茶我耽期。
应幸久来冰心渡，忽嗟离后白驹驰。
东君好是年年约，归去犹存夕照诗。

与友人相聚京城梅府

龙头二月识春风,为问檐甍间巷东。
深院梅兰环佩响,流年纹理素琴同。
未成雅句三分醉,偏去故情一念中。
岂是书生皆率意,倾杯好共到烟峰。

清平乐·寄友人

燕淞又返,此番迟迟盼。不料归舟无意慢,便是半程也远。

云笺似淡还浓,隔窗水复山重。看取万千青绿,恨应太晚秋风。

安排令·诗人聚会和李树喜会长

安排菊盏,安排瓦盏,安排浪漫羡青眼。安排豪迈、复温婉。

流年当眷,流年难眷,流年诗酒趁未晚。流年水湄、春无限。

赴京诗人聚会和还李树喜会长赠诗

谢别公文拜旧诗,真情至贵始相知。
小窗昨夜珠玑雨,犹胜甘泉沥沥时。

赠秋叶
——李树喜会长原玉

傍晚,秋叶自沪来聚会。京战、陈良、黄甜在座。

夜阑把酒纵论诗,桃杏天天有不知。
冬雪酷寒春太软,最佳韵味在秋时。

清平乐·步韵张炎寄诗友

友人音杳,羁旅倾杯少。偶过坛园怀旧稿,料是多情罢了。

雁书真个天涯,清风吹去谁家?一半捎来明月,其余醉与诗花。

清平乐·诗友次韵和作

乡音今杳,望月知多少?存慰安贫无玉草,却是兰交未了。

遥期邻比鸿崖,畦田绕井山家,来客分茶浓淡,扶篱看我锄花。

香山会友

澄空悬日月,风过掠青云。
红叶崖前俯,黄糜意底寻。
车轻秋壑阔,辙缓澹途新。
始信壶天境,应来与故人。

一剪梅·京城植物园寄楚安之诗友

西倚香山有苇荻。堆玉摇何,枕水流兮。寒天波影自逶迤。云上清华,笔底珠玑。

未羡红林盛可掬。犹韧还痴,若淡还怡。沏来春雪入琉璃,看取梅魂,复寄柯笛。

寄同事兼寄己

汝期江海却江潭,我出岭中复岭南。
世路寻常逢蜀道,荆山大抵傍寒岚。
穷通未意终谁信?契阔何争只自谙。
无问西东风正邈,如诗况味可相参。

柳梢青·栀子花开寄农家女孩

雨带微凉。云流绿鬓,玉缀田桑。袂下无尘,眉间淡静,兀自清香。

分明雪样文章。却断作,鲛珠凄惶。每忆当时,不教酸楚,已是难将。

清平乐·春分日欣闻友人诗词集付梓

柳新莺语,雪竟春分顾。满目梨花谁做主?总在未相期处。

无心出岫谁同,素琴弄月樽空。潭镜轻舟一叶,钓翁何羡陶翁。

寄师友

千里同依张叔夏,十年吾友亦吾师。
共看青镜千峰入,分坐红尘五柳垂。
得句谁人浮大白?搔头一字琢小诗。
欲从李杜再行早,不待梅花开落时。

寄诗社女才子们

一从旧友别江州,问罢冬春问夏秋。
分职不违黎庶事,入尘谁识木兰舟。
放怀须得深倾酒,吟月莫教独上楼。
许向明年芳草季,园田瓯雪作诗酬。

忆四十年前插队迎高考兼寄村里小丫

力穑三秋流岁月,催风改梓出桑麻。
塘前苦诵文兼理,垛上勤抛问与答。
溽夏笼久桌浸汗,蠹书灯小梦飞霞。
忽听笑靥流星里,开牖满庭栀子花。

注:流星,这里指手电筒光。每晚,村里女孩们会打着手电筒,给复习迎高考的女知青送来栀子花。

谢还师友赠诗（通韵）

诗笺同道字遂亲，青眼如君有几人。
织梦尤温金缕曲，翻屏更感武陵春。
惯登銮为清音古，只寄心于境界真。
莫论红肥兼绿瘦，斜阳是处草萋萋。

江城子·阳澄湖雪勤友家聚会

斜阳小院溢香茶。胜归家。试弦琶。京酿吴肴，冬岁也韶华。把酒持螯谁顾曲，江右主，铁儒侠。

诗筵词盏泛灵槎。共菊花。醉流霞。忘却营营，十载砺澄沙。莫道清欢终有散，缘字晤，纵天涯。

燕风淞雨诗友年末在沪聚会感作

物语秋光气,临江满袖风。
天边非杳杳,壶内正融融。
拳挚还如是,鹏程各不同。
词章当所系,傲骨一襟中。

庚子秋日诗友们京城欢聚

又是秋凉到帝京,新黄黛绿与云平。
小炉暖酒围清晏,往事浓谈忘夜程。
心境已从诗境出,秋光岂与隙光行。
明朝荬菊应开遍,信有风传玉磬声。

八六子·南湖泛舟感与友数年诗词云游

画烟微。一湖澄碧,扁舟迤逦披晖。恰抒怀吴风拂黛,耽味村酿生香,影浮岁驰。

回看云下当时,巘绝近听明月,森深仰止雄师。快意句、从来傲梅铮雪。兴怀京口,气同燕蓟,便教岸左稍萦别绪,城头重约征衣。鬓霜垂,殷勤为伊更痴。

庚子秋旧雨诗社相聚

行吟情五载,旧雨润新波。
诗自人家好,心俱远岫过。
当浮一大白,争奈失音何。
明日应重约,百年讴浩歌。

注:失音,吾因风寒导致喑哑,无法与友畅饮同贺,甚憾之。

诗社题名、书名兼寄芹圃家丁及叶笛诗友

泼墨枯浓出率真,旷怀逸响见风神。
旧时烟雨今时月,一样流光照故人。

注:写在诗社更名为"旧雨诗社"之际。

贺诗社更名首发兼寄一麾江海诗友

挥篇倚马自风华,句有真情笔有奢。
许是少年元白色,携来云锦饰人家。

寄旧雨诗社女诗友们

物非人还是,聚短旧情长。
剑胆与琴心,慧中琥珀光。

与上海年金企业老处长们相聚

群贤思聚久,佳约酌商频。

鬓白仍盈盏,岁寒已漾春。

十年狭仄路,满座高怀臣。

惟向民生系,每因锱铢瞋。

篇章凝意迥,标格出尘新。

擎帜呼兼鼓,抱团行且珍。

谈往情如昨,饴孙老更亲。

四时花有意,应慰晚晴人。

注:锱铢瞋,这里指国有企业的老处长们会因年金投资收益率的市场微小波动而担忧。

旧雨诗社成立周年与众诗友

逸格朋俦犹幸识,十年泼墨近衷肠。
秋风长忆红舟约,旧雨难寻菊径香。
但喜屏前诗胜酒,何愁疫隔履沾霜。
与君共读古人卷,尺素新歌续和章。

和朱炜诗友并感谢《旧雨诗刊》两位编辑

一笺小诗感本真,佳刊每读沐三春。
若无夜半西窗辑,那得斑斓雨色新!

朱炜诗友原玉

又是一年道感恩,长逢《旧雨》若逢春。
羡思众友多鸿笔,容我小诗寄本真。

减字木兰花·与奚美娟老师品茗交流

倾情卌载,影界魁名重驻彩。
销骨衔悲,分付丹心照为谁。
亭亭直节,自喜抱璞无着色。
九畹人幽,俱是花中第一流。

注:销骨衔悲,奚美娟为饰演好《妈妈》中的冯济真,倾尽心血,并坚持对角色的理解而获得巨大成功。

一剪梅·获友人赠诗词集有感

文藻十年自躬耕,云水舒卷,物我青青。吟讴犹见峥嵘气,只遣诗潮,不换浮名。

千仞振衣事民生,词蕴高情,心系沧溟。抱梦书作白头句,补月一圆,还见新晴。

贺叶笛诗友女儿考入复旦大学

喜闻放榜鹤冲天,两代同参及第前。
汗漫犹携毓秀气,清扬或胜易安笺。
少年有志行江阔,青鬓燊灯得珠圆。
可待殷殷家国志,不改高情赋华篇。

注:叶笛诗友夫妇均毕业于复旦大学,女儿高考中榜,与父母成为校友,可谓佳话。

读一麾江海诗友《长亭怨慢》有感

高柏垂荫沐,登临此际凭。
山幽多胜境,野逸少俦朋。
初见旋长别,相思多古兴。
且呼家酿酒,天地几回曾?

重读叶笛诗友姑苏诗赋

又忆阳澄感念长,再读诗怀五十行。
一曲四声歌九叠,袭人香草焕文章。
高情尽饮元同梦,挚友能摹俱写真。
入境词心从极丽,当筵景象胜阳春。
归舟小隐融融乐,濡笔侠情款款听。
长调古来皆宏阔,吴侬此夜独温馨。
别来五载后,旧雨渡新程。
赊得西峰横纵势,苍黛云梯话共情!

清平乐·癸卯腊月赠众诗友

匆又岁杪,京雪飞遥窕。闻道朋俦相约好,借取春笺趁早。

时序转毂愁何?岂教诗意蹉跎。莫问旧游新赏,直须天地行歌。

壬寅与友拜谒贾公祠
再读《关于"推敲"的断想》致树喜师

北南相对千里行,师向仙居我向京。
天姥山环歌与赋,贾公寺寂鸟无声。
伫听不朽推敲句,更感扶倾仗剑鸣。
诗瘦苦吟萦回处,云深瀑跳峭拔情。
吟哦大抵真情事,一耽雕琢尤过听。
道是三年二句得,也开侠风豪气生。
流星疏木真丽句,落叶长安若磬铮。
憾未同谒谪仙谷,读师《断想》若初晴。
遥慕东溟采风赋,旷朗诗风感纵横。
相约清秋俊游日,与师与友再重征。

注:《关于"推敲"的断想》为中华诗词学会原副会长李树喜老师《观潮诗话》中的文章。对理解苦吟诗人贾岛"推敲"典故及诗词大率性情之作的观点,颇受启迪。

浣溪沙·壬寅初友聚有感

千里扉开挹雅风,画屏鹊唱柿嫣红。友人佳酿扑香浓。

缘入歌诗兰馥馥,行逢同道乐融融。掬来旧雨渡从容。

众诗友赴京同时走错高铁站戏作

应从北站入,齐向虹桥行。
此误非马首,由来是鸥盟。
久思西岭道,当惜尺波声。
自哂聊相慰,此程更近情。

秋日与老会长、大诗人们相聚浦江岸边

秋照滨江潋滟波,浓茶浊酒若清歌。

每推网信聊堪浅,今顾鬓霜添几多?

天地远行仍健步,书斋小砚自嗟哦。

笑言鹢落如童子,一绝占来胜玉珂。

注：老会长笑谈练就了防跌跤的童子功,并当场赋七绝一首。

临江仙·深秋好友相聚

速约惟因情似旧,相逢自是清欢。秋云亭榭菊杯宽,几张旧座椅,绰约意凭阑。

大到方外丘壑事,细从吾老芝兰。时光谁道泛黄笺？无须浓淡墨,恰好枝简繁。

为友人们五十年后再登黄山而作

驱车数百里,峻岳邀朋俦。
秋落斑斓叶,情满小红楼。
共嗟已鬓白,半世同行舟。
酒烈融融醉,香薰袅袅幽。
当年云结伴,险壑自封侯。
青涩笑容溢,相机黑白留。
云梯百步越,鲫背竞神悠。
今又临岚境,心神八极游。
莫言桑榆晚,岂合车马休?
信以洪荒力,海岳欲重收。
知鱼乐,纵眼眸。
荔柏同契阔,山水俱绸缪。
少年狷狂在,鸥鹭竞自由。

注:七十五岁的友人们,五十年前同攀黄山留影,今日相约再登黄山。看他们相隔五十年的照片,为之感动再三。

第四辑

亲情篇

妈妈的炸酱面

佳节已无齿颊好,最思阿母烹饪功。
匠心用到无人及,厨艺臻如宴边逢。
胡瓜翠逐新莜笋,白玉方携小青葱。
虀盐春蒜纷纷雨,红脍碧萝楚楚容。
翻飞神刃络绎下,吩咐案砧零丁同。
油泼铿锵灼青碗,椒溜荞撞辣香盅。
釜中调色勺振奋,座上垂涎洒谦恭。
急火沸汤催瓦鼎,千丝旋雪漾云踪。
莺滑素绘箸流浅,脯酱浑倾味嚼浓。
无需馔玉催味蕾,便有珍馐也凡庸。
一从传技炙手热,邻人姑嫂喜相从。
愧来女儿愚不化,廿载面提盖无功。
萱草慈恩难再见,每向清明忆旧踪。

母亲投稿《春秋档案》杂志
纪念辛亥革命百周年（通韵）

白发依然赤子心，文章付梓笑堆纹。

歌穿半世仍提气，笔落一行久入神。

历乱长知胡马患，纷纭未忘史书殷。

复兴时日黄龙饮，正是神州物候新。

注：歌穿半世，指母亲在八十四岁高龄时，凭记忆一字不差地记录并唱出中学时代每日必唱的纪念孙中山先生的《总理歌》。

新春寄耄耋老人（通韵）

高楼灯火暖人肩，梅点初春合墨喧。

如意花糕粿孝悌，玲珑褶饺慰慈颜。

苍檐已挡三生雨，斑鬓惟书百姓笺。

犹笑当年常号令，而今肯受小童怜。

闻虹口区老家弄堂将被拆除改造

斑驳旧巷雨泠泠,窗柳重寻几步停。
曾煮稷厨浓淡味,似聆书壁古今声。
向阳班里争青眼,消暑蓆边数晚星。
不舍时光风逝去,小城故事梦中听。

注:向阳班,指暑假弄堂里同学一起写作业的小组。

花意娱老

流转车尘南北渡,今来侍老共花光。
蔷薇架上红兼紫,剪入窗前饰鬓霜。

西江月·为春节返乡人作（通韵）

秋月难逢川蜀，归心始遇屠苏。家山千里老翁姑，还有幺娃留伫。

便是无多积储，也捎一箧新书。春风次第过阡湖，听见花开一路。

床　前

病榻黄昏母正眠，依稀还见美人颜。

光阴莫使垂垂老，长许孩儿细细看。

卜算子·平安夜母亲病榻前

　　昨日暖晴初,一霎薄寒又。恻恻祈闻鹿铃声,守得平安否?

　　温语旧年痕,盈握慈萱手。约定春风融雪时,再赏梅香透。

南乡子·丙申除夕

　　凄切向谁边?人失瞻依瑟失弦。烬烛暗灯听漏雨,偏偏。无福承颜到梦前。

　　肠断竟新元。不许桃符替旧笺。料得此生离别久,年年。一度寒风一泫然。

忆母亲病中用古音吟诵苏轼《花影》

泪溅机屏不忍开,琅琅花影赴瑶台。
且行羲驭长停住,还自一轮皎色来。

又闻梅香

梅花又绽若心煎,教不思量却眼前。
约好春来携共赏,今番花信隔人天。

新年水仙花开

当时兰蕙半窗新,清魄一如皓发人。
怅对婷婷花玉立,蓬山不得寄娘亲。

浣溪沙·上元夜思念父母

元夜琪花火树看，独黯旧事未如烟。侍亲明日向谁边？

遥望云阶千里去，已由星汉经年牵。从今二老久团圆。

忆母亲病中读《环球时报》

赢病缠身乱鬓丝，颤扶花镜瞰枰棋。
床头世界风云涌，梦里金门甲胄驰。
斥蔡氏甘奴庨媚，笑川普作妄言危。
莫非玉帝求才急？邀入天庭使节司。

注：蔡氏，指蔡英文。

妈妈抽屉中存放我接受新闻采访的剪报

报文几札屉中遗,喜色不曾示女儿。
只勉为民多戮力,晚晴盛世可相期。

注:晚晴,指从事企业年金事业时,我为公司确定的企业标语是"德奉天下,爱寄晚晴"。

清明忆与母亲在扬州

当年三月醉扬城,烟景多情亦薄情。
人与梨花头共白,芜随柳陌意同菁。
未期雨夜难重月,岂信兰桡仅一程。
今向晴云铺素纸,春风代我唤亲声。

苍檐已挡三生雨,
斑鬓惟书百姓笺。
——摘自作者《新春寄耄耋老人》

江林根先生摄影作品《秋塘静影》

武陵春·重阳思念母亲

帘外天香听簌落,荏苒又西风。九月相思复九重,问可梦中逢?

千万丹青流笔底,却怕太匆匆。雨打吟窗紧一声,写不尽,这多浓!

高阳台·中元节思念母亲

细雨疏炎,秋风初冷,惹人无限新愁。旧照银屏,沈香催泪淹留。慈颜二稔音尘远,梦中萦、却隔江头。念烧灯,恐作飞花,又落空舟。

江南老巷尝多忆,正丁宁在耳,笑意盈眸。素舸弦声,依桥拽柳偕游。殷勤只合当时好,此生缘,几世能修。问相思,便付词笺,可抵仙州?

金缕曲·戊戌夏整理旧照忆父亲

长夜相思起。照萦怀、轻尘影集,那年匆记。约略重逢登秋日,正始田畴弯穗。负囊重、饵糕书笥。汗渍布衫泥湿腿。况遥村、车路通无计。埂尚远,朗声已。

旧题折角留笺义。励吾侪,农时若歇,莫疏文理。风骨清华端能几?大爱还兼苦诣。都许作、华章小字。俱是艰行铭前志。忆叮咛、怎寄天涯泪。堪赋笔,向谁寄?

注:回忆四十年前,时任上海汽车研究所总工程师的父亲赴宁组会后,乘长途汽车来安徽滁州看望在那里插队落户的我。记得他肩膀前后背着两个沉重的大旅行袋,里面装满了高考复习书籍和食品。

忆少年趣事（5首）

假小子

懒绕前街和曲巷，翻墙跨院踩篱笆。
撞飞老叟瓜藤蔓，斥问谁家野小丫。

短　跑

百米飞身居校雄，昂昂短发总迎风。
绿茵场上风驰马，羡坏一群美辫童。

小学停课

闲来少课漫寻思，几个偷行校馆时。
寻梦封尘弹旧键，比邻蛛网览书痴。

写剧本

年少聊发写作狂,剧名昼夜费思量。

表出人物一长串,首幕编完再不彰。

学绣花

姨母逼来事女红,愚顽三载概无功。

忽如一夜春风至,绣罢牡丹引蝶蜂。

看四岁小孙女学打篮球趣记（4首）

（一）

女篮三号绣前襟，十次栏前五次擒。
半尺腾飞一览小，傲然击掌倩谁侵？

（二）

三五盘球欠技磨，今时苦训不须呵。
场间欲泣因难数，忽报骄人二百过！

（三）

上篮恨遇六龄童，死守围防不得攻。
哨响一声言未败，握拳噙泪气如虹。

(四)

雀跃证书终到手,些些炫耀与人看。
只因不识行中字,也作奖牌一样欢。

观孙女在幼儿园用 PPT 宣讲"世界生物多样性日"

冲天双辫麂弯眉,童稚台前振振词。
说到濒危小动物,莹莹眼底已含悲。

孙女获幼儿园"好声音"大赛银奖

飙歌一曲足精神,穿顶 High C 傲不驯。
愧我歌诗真未及,白头至此忝从臣。

辛丑立春日携孙女古镇行

寺上春风软,岸桥柳竞黄。
小丫飞发辫,踮脚比谁长。

贺孙女上小学一年级

倏忽小丫纤巧立,回眸一笑美人儿。
常研遗迹书中癖,每见弃猫梦里悲。
傲睨扣篮黄口子,得幸纪行青眼师。
老身甘做编修吏,只待红巾早系时。

注:1.扣篮,即打篮球。
2.纪行,孙女于北欧旅行时随口编"诗句",老身负责认真听写并打印成册。

与孙女北海原始溶洞探险戏作

洞岩低且三分仄,老朽今来匍匐行。
深邃黑从头顶泻,薄凉意向脊间盈。
河床重叠鱼纹理,石壁高悬鹊栋薨。
电筒微光轻耳语,未知世界莫惊声。

第五辑

咏物篇

咏　梅

未到古梅新，幽香远近闻。
红苞嫣欲放，白蕊浅还矜。
傲骨犹吟雪，冰心只报春。
江南争艳日，归去了无痕。

高阳台·致秋荷

疏影枯桐，潇风白水，苍云雁去孤行。寒信终来，贮得泪满池塘。斜丝远近秋荷曳，晚钟听，已惯微凉。倩谁能、芥籽清心，旧叶痕香。

忆来初夏娉婷立，笑途泥熏染、炎溽猖狂。静若琉璃，不枝不蔓圆藏。肯教喑哑三千诵，伴鹿蕉、只是无常。待归时，一碧千踪，皓月中央。

咏风筝

早春三月草芬芳,晴日好风试纸鸢。
细篾只关留系绊,纸衣每为饰圆方。
差池非翼难高下,俯仰比鸿讵短长。
莫向青云一线寄,从来高处是薄凉。

鹧鸪天·咏荷

沥沥珠圆落碧痕,田田飐动惹氤氲。任听冷雨瘦茎骨,但见青衣立美人。

依曲水,结回文,遣心无碍事红尘。炎州难抵清凉界,直向风前说与君。

咏二十四节气（通韵）（24首）

立 春

离场寒风步履匆，青青似见有无中。
最喜梅蕊窗前探，社戏挑开大幕红。

雨 水

碧柳粉桃向陌间，无边春意逐开颜。
老牛犁早田头去，春燕向人牖下攀。

惊 蛰

春事凿开冻土音，惊雷岂允百虫侵。
恢恢世网犹能避？宿蠹终非梦底人。

春 分

谁剪今时于冷暖，天公无意细裁量。
园中骚客争高下，摄取春风第一章。

清 明

姑苏城外不能诗，独向苍苔旧梦迟。
莫道明前无雨色，青山与我共沾衣。

谷 雨

雨行畦径溅香泥，百谷氤氲落玉溪。
扑面镜田栽碧绿，山歌和作画眉啼。

霓裳翠袖水晶盘，
时值金风竟饱看。
许是怜人相见苦，
晚装一袭立秋寒。

——摘自作者《壬寅晚秋小灶村荷花绽放》

著名摄影家张志良先生作品《荷花》

立　夏

　　　　玲珑彩蛋挂儿童，豆荚市西吆老翁。
　　　　蛱蝶应邀青莒立，蛙声鼓乐小塘东。

小　满

　　　　浅紫樱桃绿麦芒，农家筑囤事田桑。
　　　　小盈则满非为惰，知足于心自足仓。

芒　种

　　　　镰飞芃麦气均匀，盈步蛾眉赶子衿。
　　　　栀朵横斜云髻上，嫣然底事笑窥人？

注：回忆插队务农，在芒种时节所看到的农田趣事。

夏　至

半夏白墙黛瓦前，芰荷十里碧田田。
人于疏雨声中立，欲写丹青已忘言。

小　暑

高田苗立草葳蕤，绿水红榴野钓垂。
箬笠殷殷焉敢预，一声刺啦小凫追。

大　暑

骄阳夏木蝉鸣躁，禾稻颓然似火蒸。
赖有高云垂大幕，扑窗豪雨卷泥腥。

立 秋

秋立花荫瘦海棠,古桥未见杵衣浆。
晚风犹醉咿呀橹,也唱吴侬和渡娘。

处 暑

吴风楚雨旧人还,秋水堪成泪下莲。
错爱中元匆过客,河灯未必与红颜。

白 露

黍稻方收满廪仓,推觥醉里与秋商。
他年露白金风后,明月不邀自在窗。

秋　分

叠嶂轻舟五更颠，藤箩晶米色香喧。

行歌壶酒吆新市，憨笑压弯一扁担。

寒　露

无奈人间季候风，频催冷露旧色空。

苇荻白到堪怜处，至今未肯过江东。

霜　降

瑟瑟重霜百木寒，秋枫无意落凋残。

天生不妒相思子，只为红颜傲骨看。

立 冬

六菱轻剪落窗沿，功嵛村姑巧指尖。
万里叮咛微信至，桃腮漾起莫名甜。

小 雪

玉影飘飖幻洛神，梨花绾鬓印微痕。
北风不管轻狂态，一握柔荑问可真？

大 雪

横削千壑鬼堪愁，狂草一方舞未休。
岁岁劫尘湮汉冢，忽怜今夜小银钩。

注：大雪日赴银川出差，遇暴雪忽止，钩月在天。

冬 至

娇耳玲珑褶似花,隔屏团聚看乖娃。
白头望眼垂相问,明日春风可到家?

小 寒

拂窗银粟腊寒开,秉夜粥香满灶台。
不恋桥西陈酿酒,柴门惟等故人来。

大 寒

未寄深寒霁雪吟,但闻飞纵跨年音。
朔风望远君堪见,旷野空留汗血痕。

注:1. 大寒日观汗血马有寄。
2. 二十四节气诗,大多记载了在农村插队务农三年里的感受和印象。独特亦平常的田园劳作和记忆,久在城市生活是无法获取的。

采桑子·咏桂

桂香今又拂人面,素魄盈枝。馨露侵衣,守得江南为汝痴。

清寒每恨催千瓣,已惯霏微。宁作丹墀,为有秋声沁入诗。

采桑子·观苇

秋风十里汀州白,若雪初斜。若雪初斜,消息沉浮,两望是蒹葭。

幽怀曳地三更雨,不作飞花。不作飞花,折尽如何?许我醉芦笳。

咏古银杏

雍容秋木结云涯,自得唐风气骨奢。
冠蓊蓬门存息壤,出尘车雨著清嘉。
落当无憾途中石,飞亦独看岭上花。
便是岁寒擎重雪,将身未肯向春赊。

秋　枫

瑟瑟霜风百木寒,赤霞谁遣饰层峦。
天生不妒相思子,只为红颜傲骨看。

兴化观油菜花

白云为额玉为身,千垛一花独占春。
灿色入溪凭望远,只留滟荡不留尘。

杏花天·咏杏花

匆匆燕早风牵笛。唤杏蕊、与人独立。微雨白袷怜洇湿,犹见小山词迹。

九陌去、飘零自识。肯许作、薛笺一册。雪拥红染于清魄,十二阑干梦泽。

朝中措·岁杪咏枫林

绵延十里动彤云。陌上赤如焚。守得痴情一色,为修骨相清真。

西风不管,残红匝地,碎锦无痕。纵是光阴易散,无赊自在年轮。

秋 露

凉生清月圆,秋寄晓星天。
花落疏窗影,竹听小径禅。
深潭千尺道,香草美人弦。
幽谷知白露,何须羡紫烟。

咏秋叶

秋风寒色动,何处不纷纷。
自在环乔木,无为别鹤云。
风阑千叶散,花阑几声闻。
举目星垂野,相斟月与君。

谢李树喜会长和作《咏秋叶》

未为寒色动,何惧乱纷纷。
下界堪浮海,腾空可入云。
悲秋只无语,敲句总先闻。
欲把银河酒,淘来共醉君。

攀墙红叶

若个红孩子,斑斓倚壁行。
临窗敲共识,且莫负秋声。

银杏叶

暮霭横斜处,青黄俯拾频。
谁言金扇小,当合旧年轮。

跋

《秋叶集》读后

也许是一种巧合，也许是诗心共鸣。我网名"诗树老申"，马力女士网名"一枚秋叶"。一居京，一在沪，高山流水，诗情诗谊，嘤鸣切磋。诗词信息沟通之外，我们还不乏有雅集和见面的机会，也曾经在上海台风来临之际，把酒临江，心潮逐浪，慷慨赋诗。蓦然回首，为诗为友，已逾十年矣。

时代不同了。当今诗坛，女性诗人群芳葳蕤，至有"多半边天"之势。但诗贵情真，诗贵创新。为诗易，拿起笔就可以写诗；为诗难，除旧布新、展现个性不易。我们看到，女诗人中甚至有一群被誉为"当代李清照"的。但毕竟世易时移，不宜与往昔才女类比。有的脱离时势，远离大众，囿于小我，以多愁善感、卿卿我我为式；而有的则与时代同行，根植生活，不离大众，追求创意，展现个性。马力的作品无疑是后者，她文辞精美，意境幽远，追求典雅，蕴藉深含，富于思考。以外在美与内在美的融合，展现了自己明丽而深婉的特色。一部诗词集，包含春夏秋冬、兴观群怨，记载着独特的诗路历程，虽然数量不多，却印痕深深，有着沉甸甸的分量。

由此，在祝贺《秋叶集》出版之际，作为老朋友，写上几句读后，并缀一小诗：

枫红雪白岁寒心，诗有真情方动人。
不让牡丹颜与色，者般秋叶灿于金。

李树喜
甲辰暮春于北京云闲斋

作者系中华诗词学会副会长（第三届、第四届），历任光明日报出版社社长兼总编辑。

后记

十年前，我的学习和工作经历，与中华诗词创作相距遥远。我们的少年时代正值"文化大革命"，是文学极度匮乏的年代。我的父亲因"文革"期间被定为反动权威走资派，家里几乎所有的中外书籍，皆被抄走或焚毁。我还清晰记得小学三年级偶然觅到两本《收获》旧期刊时的欣喜若狂，四年级硬啃繁体字版《钢铁是怎样练成的》时的如饥似渴，初中时等待父亲从图书馆借来长篇小说的望眼欲穿，务农期间朗诵自己创作的自由体诗的激情澎湃。或许正是那个文化匮乏的时代，馈赠了我对文学的眷恋和敏悟，对社会现象和底层人群的多愁善感，对真、善、美的向往期待。但因后来的学习和工作经历主要在经济金融管理方面，对文史哲书籍阅读不多，中华诗词对我而言，更是渺远浩瀚的星辰大海，神秘而遥不可及。

直到2014年，有机会接触和学习中华诗词的创作。记得当时我们与上海诗词学会在浦东国际会议中心联合举办了一场"上海诗词论坛"，在此聆听了北京和上海的多位中华诗词学会副会长、著名诗家讲授中华古诗词的历史发展、鉴赏和当今创作理论。我和所有听者一样，深切感受到唐宋诗尊和现代大家的诗词作品中那种精逸神炼和风神劲美，那种文字隽永和意境妙曼，那种关照世事的胸怀和识见。就像一直行进在荒漠中的人，忽然走近了敦煌石窟，被一缕经几千年打磨沉淀后的五彩斑斓而震撼。此后十年，在紧张繁重的工作之余，让自己从零开始，开卷张册；谢绝繁冗、甘于清宁；适情诗词、寄兴篇咏。同时，作为参与社会资金管理的金融机构负责人，我将为广大企业和职工管理好养老金和住房公积金的社会责任和情怀，也融入到了诗词创作之中。

在中华诗词的学习、创作的过程中，我有幸地得到了中华诗词学会的李树喜副会长、杨逸明副会长、褚水敖副会长等多位吟坛大家的不吝指教。他们不仅向我推荐多部唐、宋诗词校注、评鉴,并馈赠了中国当代著名诗人和他们自己的诗论著作和诗词集,使我在学习创作中受益匪浅。尤其聆听了他们关于"诗重真情、词贵幽微"的论述,阅读他们的诗词选集、诗论诗话,真切地感受到他们笔下韵律之精湛、经典之阐发、学养之深笃、见解之率真。

在诗词学习创作的初期,我曾在国内诗词网站上发表了《步李重华〈过居庸关〉韵二首》,得到了众多素未谋面的诗词大家和诗友的步韵、次韵、叠韵唱和达百篇之多,令我感动再三,倍受鼓励。此后,我和诗友们组成了一个小型诗社,经常工作之余或出差途中,沉浸在旷放或幽微的诗词创作境界中。这何尝不是人生的修为和正能量的汲取。

格律诗词的学习和创作,是一场浪漫且自律的远征。从零起步,甘苦自知。愧怍于自己学识浅显,驾驭文字能力羸弱,我想,唯有孜孜不已,学方所得;寸积铢累,行可至远。正因为踏上了中华诗词的学习与创作之旅,方能结庐于梅竹,寄情于皎月;濡毫可寄达观,移棹幸逢绿绮。在名利纷繁的世界中,吟豪婉之声,执气骨之笔,交心契之友,诗意人生,莫此为胜!

在此，衷心感谢各位带领我踏入诗词创作之境界，并不吝赐教的杨逸明、李树喜两位会长，感谢"诗词吾爱"网站的各位师长、众多诗友过往给予我的指点鼓励，并及"旧雨诗社"一起身体力行，守正创新；笔耕不辍，诗兴相通的诗友们。

也衷心感谢在拙作《秋叶集》的编辑、设计和付梓过程中，给予我倾情帮助与支持的摄影家张志良先生，摄影家和好友江林根先生，书法家和好友周紫华先生、何敏女士、史家玮先生。

马　力

2024 年 11 月于上海　听秋榭

图书在版编目（CIP）数据

秋叶集 / 马力著. -- 上海 ：上海文艺出版社，2025. -- ISBN 978-7-5321-9163-5

Ⅰ．I227

中国国家版本馆CIP数据核字第20256GK172号

责任编辑：陈　蔡
装帧设计：钟　颖

书　　名：	秋叶集
作　　者：	马　力
出　　版：	上海世纪出版集团　上海文艺出版社
地　　址：	上海市闵行区号景路159弄A座2楼 201101
发　　行：	上海文艺出版社发行中心
	上海市闵行区号景路159弄A座2楼206室 201101 www.ewen.co
印　　刷：	上海盛通时代印刷有限公司
开　　本：	889×1194 1/32
印　　张：	8.25
插　　页：	15
字　　数：	116,000
印　　次：	2025年3月第1版 2025年3月第1次印刷
ＩＳＢＮ：	978-7-5321-9163-5/I.7200
定　　价：	98.00元
告 读 者：	如发现本书有质量问题请与印刷厂质量科联系　T:021-37910000

书法家周紫华先生所题写的书斋名"听秋榭"

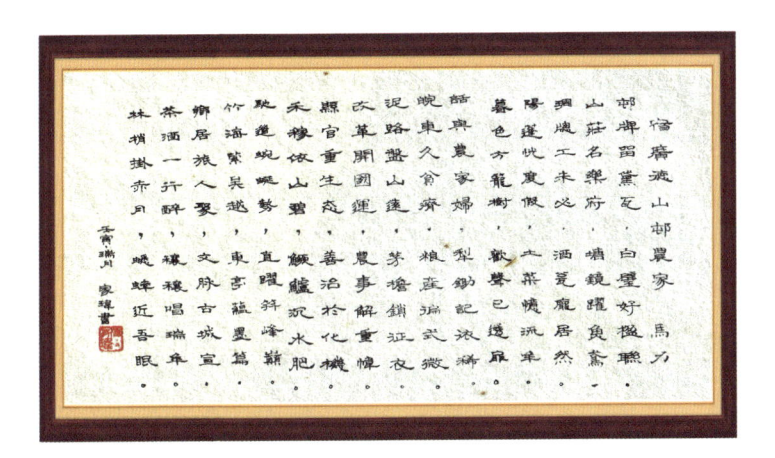

书法家史家玮先生为作者五言诗《宿广德山村农家》所书

本书作者马力为七律《夏日登阿尔卑斯少女峰》（P152）所书

四千之上若飘蓬，一任峻极九霄风。远眺黛青童话界，纷来瑶羽广寒宫。旧轮轨凿冰川史，长号声邀天地盅。莫道白头痴不得，诗心欲与谪仙同。

本书作者马力为词作《巫山一段云·松阳县古村落书店》（P150）所书。

淅沥村头雨，峭崖古树参。乌檐枡比偎烟岚，秘境立江南。 万卷方中隐，流光画里耽。本初世界几曾谙？行客我犹惭。

作者简介

马 力

笔名一枚秋叶、秋叶。出生于上海，祖籍江苏。毕业于上海财经大学金融专业、华东师范大学国际金融、国家会计学院EMBA。在金融管理和投资行业工作四十年。曾任全国性股份制商业银行总行副行长，养老保险公司党委书记、董事长。后由上海市委市政府调任上海市公积金管理中心主任、党委副书记。一直从事商业银行和准公共资金的经营管理。曾组织带领全国性金融机构和上海市属事业单位完成多项国内、国际金融创新和管理创新，连续荣获上海市金融创新一、二、三等奖。个人曾被评为上海市优秀共产党员、上海市十大金融行业领袖。现已退休。